만신창이의
승자

일러두기: 〈레벤느망〉의 바른 표기는 〈레베네망〉이나 국내 개봉된 영화의 표기법에 따랐습니다.

만신창이의 승자

최종태 지음

활자공업소 ₰

추천의 말

　　　　'기대 이상', '심상찮음'… 영화감독이자 작
가인 최종태의 이 짧지만 가볍지 않은, 다섯 편의 명품 에세
이들을 완독하며 떠올린 단상들이다. 제목부터 일종의 미끼
McGuffin로 작용시키면서도 일말의 생명력을 불어넣는 데 성공
한 영화들의 면면, 그리고 저자 나름의 시각과 글발 등을 두
루 겸비한 어떤 수준에 이르기까지, '인생의 밑바닥'에서 희
망의 이야기들을 건져올려 만신창이, 즉 루저를 승자로 비상
시킨 저자의 안목에 감탄하지 않기란 거의 불가능하다. 특히
'환희'Freude라는 개념을 동원해 〈파이란〉의 강재를 구원·승화
시키는 경지 앞에서는 완전히 압도당하지 않을 수 없었다. 이

역저^{力著}는 베스트셀러 《피로사회》의 세계적 철학자 한병철의 최근작 《불안사회-왜 우리는 희망하는 법을 잃어버렸나?》에까지 가닿는다. '신자유주의 대사기극'을 더할 나위 없이 통렬하게 까발리면서도 그래도 희망을, 행복을 포기할 수 없기에 '지금과는 다른 것을 꿈꿔야 한다'고 역설하는 최종태는 한병철의 정신적 동지로서 손색없다. 고백하건대 길지도 두텁지도 않은 인연 덕에 만난 이 책은, 한동안 크고 깊은 자극, 울림, 배움으로 내 삶에 머물지 않을까 싶다.

전찬일, 영화평론가

저자의 말

어느 서점에서 영화를 테마로 한 강의를 했었습니다. 특정 영화와 그 영화의 주제와 관련된 책의 내용을 엮어 '시네북'이라는 타이틀로 진행했습니다. 그때 강의를 기획하셨던 분이 강의를 소개하는 카피 문구를 만들었는데, '인생이 영화가 되고, 영화가 인생이 된다.'였습니다.

영화나 소설을 한마디로 정리하면 '사람 사는 얘기'라고 생각합니다. 인생이 영화가 되고 소설이 되는 것입니다. 그런데 그렇게 만들어진 영화와 소설이 우리들 삶에 영향을 미치고 몰랐던 삶의 지혜를 깨우쳐주기도 합니다. 영화가 인생이 되는 것입니다.

영화를 처음 공부할 때, 그리고 그 후 직접 영화를 만들면서 나의 영화 감상은 내 영화를 만들기 위한 공부가 주된 목적이 었습니다. 심오한 주제를 다룬 영화도 그런 주제가 어떻게 표현되었는지에 관심이 있었습니다. 그런데 언제부턴가 영화에서 내 인생의 일부가 보이기 시작했습니다. 주인공이 고통받고 갈등하는 모습에 내가 경험한 고통과 갈등이 중첩되었고, 주인공의 기쁨과 환희에서 내 인생의 기쁨과 환희의 순간들이 떠올랐습니다.

나이가 들어서인지 지난 살아온 시간들을 회고하는 시간들이 점점 많아집니다. 그럴 때마다 한 사람의 인생은 한 편의 영화 같다는 생각이 들곤 합니다. 그때는 심각하고 진지했지만, 지금은 한 자락 흐릿한 기억으로만 남아 있습니다. 그래서 지난 추억의 기억들이 내가 본 영화의 한 장면과 크게 다르지 않아 보입니다.

아무리 그렇다 해도 영화와 인생에는 결정적인 차이가 있습니다. 내가 기억하는 장면의 영화는 오래전 완성되고 끝이 났지만, 내 인생의 영화는 아직도 상영 중이고, 촬영 중이며, 시나리오 집필 중입니다. 내가 본 영화에서 나는 관객에 불과하지만, 내 인생의 영화는 내가 시나리오 작가이며 감독이자 배우입니다. 그리고 이 영화는 단 한 번, 오직 '나'라는 관객을 위해 만들어지고 상영됩니다.

한편의 영화는 수많은 커트들로 구성되며, 하나의 'OK'커트를 만들기 위해 감독을 비롯한 수많은 스태프와 배우들이 그야말로 최선을 다합니다. 그렇게 영화를 만들어왔던 나로서는 지금 새삼 이런 생각이 듭니다.

'나는 영화를 만들 때만큼 내 인생의 영화에 최선을 다하고 있는가? 내 인생의 영화의 장르는 무엇이며, 어떤 주제를 말하고자 하는가? 그리고 준비하고 있는 영화의 엔딩은 무엇인가? 해피엔딩인가? 아니면 허무한 블랙코미디인가? 무엇보다 나는 내 인생의 영화에 만족하는가?'

모두 자신 있게 대답할 수 없는 질문들입니다. 하지만 다행히도 내 인생의 영화는 끝나지 않았으며, 남은 상영시간 동안 그 질문의 답을 채울 수 있기를 소망합니다.

'인생은 영화를 만들고, 영화는 인생을 만든다.'

정말 멋진 카피문구입니다.

목차

단 한순간도 세상이
내 편이었던 적 없다면
영화 〈내 책상 위의 천사〉

고통 속에서 삶의 기쁨은
어떻게 찾을 수 있을까요?

정말 고통에서 시작되어
고통 속에서 살다가
고통스럽게 죽음을
맞이하는 게
우리들 인생의 진실일까요?

모든 인연에는 때가 있습니다. 때가 되면 만나고, 때가 되면 헤어집니다. 적지 않은 세월을 살아오면서 깨달은 지혜 가운데 하나입니다. 아무리 좋은 사람과 인연을 맺어도 내가 준비가 되어 있지 않으면 그냥 스치고 지나가거나 좋지 않은 결과를 낳게 됩니다. 또 아무리 가까이 지낸 사람도 인연이 다 되면 어처구니 없는 이유로 헤어져 모르는 남이 되기도 합니다.

영화, 음악도 그런 거 같습니다. 처음 만났을 때에는 특별한 인상을 받지 못했는데, 한참 시간이 흐른 뒤 우연히 다시 만났을 때 큰 감동을 받는 경우가 있습니다. 영화 〈내 책상 위의 천사^{An Angel at My Table,1990}〉가 그랬습니다. 영화 〈내 책상 위의 천사〉는 〈피아노〉〈여인의 초상〉 등의 영화를 연출한 뉴질랜드 여성 감독 제인 캠피온^{Jane Campion}의 작품입니다. 여성 감독으로 유일하게 아카데미 감독상 후보에 두 번이나 지목되었던 제인 캠피온 감독의 작품은 여성의 섬세한 감성적 묘사와 힘차고 강력한 이미지를 모두 느낄 수 있어서 개인적으로 무척 좋아합니다.

1990년에 제작된 〈내 책상 위의 천사〉는 젊은 시절 시네필로서 처음 봤습니다. 그때 나는 이 영화를 끝까지 못보고 중간에 그만두었습니다. 영화의 긴 호흡에 지루했고 일어나는 사건들이 우울해서 마음이 불편했기 때문입니다. 아마도

14

처음 만났을 때는 세상 두려울 것 없던 젊은 시절이라 영화 주인공의 고통과 기쁨에 대한 이해와 공감이 부족했던 것 같습니다.

/

영화 〈내 책상 위의 천사〉는 뉴질랜드를 대표하는 작가 '재닛 프레임'의 자서전을 원작으로 하고 있습니다. 그러니까 뉴질랜드를 대표하는 여성 감독이 뉴질랜드를 대표하는 여성 작가의 삶을 영화로 만든 셈입니다. 작가 재닛 프레임은 1920년대에 태어났고, 제인 캠피온 감독은 1950년대에 태어났으니 작가 재닛 프레임이 제인 캠피온 감독의 어머니 세대라고 볼 수 있을 것입니다. 시대적으로 남녀 성차별이 심했던 시대였으므로, 만일 뉴질랜드에서 재닛 프레임 같은 여류작가가 탄생하지 않았다면 제인 캠피온 같은 세계적인 여성 감독이 탄생하지 않았을지도 모릅니다.

재닛 프레임의 자서전은 시기별로 각기 제목이 다른 책 세 권으로 구성되어 있는데, 그중 두 번째 책의 제목이 '내 책상 위의 천사'입니다. 원작을 읽어보지는 못했지만, 영화 주인공의 이름를 '재닛 프레임'이라는 실명을 그대로 사용한 것으로 보아 영화의 내용도 자서전 내용에 충실했으리라 예측

됩니다.

재닛의 가정은 네 명의 자매가 한 침대에서 함께 자야 할 만큼 가난합니다. 하나 있는 아들은 간질을 앓고 있습니다. 빨간 배추머리의 어린 재닛은 가난하고 특이하게 생긴 외모 때문에 친구가 별로 없었습니다. 그러나 글짓기 선생님은 재닛을 예뻐합니다. 재닛이 시를 잘 쓰기 때문입니다. 아빠도 재닛에게 좋은 공책을 선물로 주며 계속 시를 지으라고 격려합니다. 글짓기에 남다른 재능이 있는 어린 재닛은 글짓기 대회에서 입상하여 문화원 자유입장권을 상품으로 받게 됩니다. 재닛은 도서관에서 책들을 잔뜩 빌려와서 가족들에게 나눠주기도 합니다.

재닛은 여고생이 된 후에도 글짓기와 공부에 열심입니다. 고등학교를 졸업한 재닛은 교원대학에 입학합니다. 시골에서 가난하게 살면서 대학에 입학한 재닛을 모두들 부러워합니다. 가난한 재닛은 이기적인 성격의 이모집에 더부살이를 하면서 힘든 대학 시절을 보냅니다. 재닛은 심리학 교수를 좋아합니다. 어쩌다 학생회관에서 심리학 교수를 마주칠 수 있는 것이 그나마 재닛이 누릴 수 있는 일상의 기쁨입니다.

재닛은 선생님보다 전업 작가가 되고 싶었지만, 돈을 벌어야 해서 어쩔 수 없이 교사 생활을 시작합니다. 그러던 어느 날 재닛은 장학사가 참관하는 수업을 진행하게 되었습니다. 그때 재닛은 심한 불안 증세를 보이더니 결국 수업을 시작도 못하고 교실을 떠납니다. 그런 일이 있고 얼마 후 재닛이 좋아하는 심리학 교수가 재닛을 찾아옵니다. 심리학 교수는 재닛이 습작으로 쓴 자전적 소설을 보고 재닛을 정신분열증 환자로 단정해버립니다.

심리학 교수는 재닛에게 정신병원에서 입원치료를 받기를 권합니다. 재닛은 자신이 좋아하고 의지했던 심리학 교수의 권고를 듣고 정신병원에서 입원치료를 받습니다. 얼마 후 퇴원을 했지만 재닛은 오히려 일상생활 적응에 더 힘들어합니다.

재닛에게는 그녀를 괴롭히는 또 다른 문제가 있습니다. 그녀의 치아가 모두 충치로 점점 썩어들어갑니다. 심적으로 의지하는 심리학 교수와 상의했지만, 그녀를 정신분열증으로 진단한 심리학 교수는 재닛의 치아를 빌미로 기독교 단체에서 운영하는 정신병원의 의사에게 보내고, 그 의사는 치아치료를 구실로 재닛을 폐쇄정신병원으로 보냅니다. 본인의 의지와 의도와는 상관없이, 무엇보다 진지하고 충분한 진단 없이 재닛은 이렇게 폐쇄정신병원에 갇히게 되고, 그 후 8년이라는 긴 시간 동안 200차례의 전기치료를 받으며 마음과 정신은 점점 더 피폐해집니다.

어이없게도 영화의 후반부에서 재닛의 정신분열증은 오

진이었음이 밝혀집니다. 그런데 의아한 것은 심리학 교수가 왜 재닛을 정신분열증 환자로 단정지었는지 그 이유가 영화에서는 분명하게 표현되지 않는다는 점입니다.

영화 〈뷰티풀 마인드[A Beautiful Mind, 2001]〉의 주인공인 천재 수학자 존 내쉬도 정신분열증을 앓고 있습니다. 영화 〈뷰티풀 마인드〉의 존 내쉬는 본인 스스로도 인정할 수밖에 없는 과대망상 증상을 보이지만, 재닛은 존 내쉬처럼 허구의 존재를 보거나 어떤 망상에 사로잡혀 있지도 않습니다. 그런데도 심리학 교수는 왜 재닛을 정신분열증으로 단정했을까요?

❖

나를 지켜주는 천사는
어떤 존재인가?

시인과 소설가의 꿈을 키우던 재닛 프레임이 겪은 불행과 고통을 보면서 나는 우리나라의 어떤 시인이 떠올랐습니다. 우리가 「귀천歸天」이라는 시로 잘 알려진 시인 '천상병'입니다.

천상병은 「귀천」에서 '이 세상 소풍을 끝내고 하늘로 돌아가면 이 세상에서의 삶이 아름다웠노라 말하겠다'고 했지만, 천상병 시인의 삶은 매우 불행했습니다. 1930년에 태어난 그는 서울대학교 상과대학을 졸업한 재원이었습니다. 그러나 돈과 출세의 기회를 마다하고 문인으로 활동해온 그는 1967년, 박정희 정권 당시 '동백림 사건'으로 불리는 간첩단 조작사건으로 6개월간 옥고를 치렀습니다. 그 과정에서 여러 차례 전기 고문을 당하여 출옥 이후에도 그 후유증에서 벗어나지 못하고 고통 속에서 남은 생을 보내야 했습니다. 그런데도 생을 마치고 하늘로 돌아가면 이 세상에서의 삶이 아름다웠다고 말하겠다는 시인의 마음은 헤아리기 어렵습니다.

천상병과 재닛은 모두 시인입니다. 천상병은 전기 고문을 당했고, 재닛 프레임도 같은 방식의 전기치료를 받았습니다.

단지 그런 이유 때문에 재닛의 삶을 통해 천상병 시인을 떠올린 것만은 아닙니다. 어쩌면 두 시인은 똑같은 이유로 끔찍한 불행을 겪었을지도 모른다는 생각 때문입니다.

/

　한 개인의 삶과 운명은 그가 속한 사회의 권력구조와 이데올로기에 의해 결정됩니다. 그때의 권력과 이데올로기를 근거로 정상과 비정상이 구분됩니다. 역사의 흐름 속에서 권력과 이데올로기가 변할 때마다 정상과 비정상의 기준도 함께 변합니다. 그럼에도 변하지 않는 것이 있습니다. 바로 사람의 마음입니다.

　신기하게도 수천 년 전 어느 시점에 거의 동시적으로 오늘날 성인聖人으로 추대되는 인물들이 등장합니다. 석가모니, 소크라테스, 공자, 예수 등이 그들입니다. 그들은 각자의 생애를 통해 인간이 추구해야 할 이상적 가치를 인류에 남깁니다. 지역과 문화에 따라 구체적인 내용은 조금씩 다르지만, 근본적으로는 비슷한 내용의 메시지들입니다.

　철학자 야스퍼스Karl Jaspers는 그들이 등장했던 시기를 '축의 시대'라고 이름을 붙였습니다. 마치 지구의 자전축처럼 그들이 남긴 깨달음과 지혜가 그 후 인류가 지향해야 할 이상적인 삶을 견지하는 축이 되었기 때문일 것입니다. 그러나 그 후 2,000년이 지나도록 축의 시대가 남긴 이상은 실현되지 않았습니다. 오히려 축의 시대의 성인들이 진리를 선포하다가 죽임을 당했던 그 시대처럼 여전히 인류는 야만과 이기利己에서 벗어나지 못하고 있습니다.

대다수 사람들은 지역과 시대에 따른 각각의 사회정치적인 상황에 순응하며 생존을 위해서 혹은 개개인의 욕망을 쫓아 살아왔지만, 소수의 몇몇 사람들은 축의 시대의 성인처럼 인간의 이상적 가치를 추구했고, 인류 역사 속에 그 흔적을 남겨왔습니다. 만일 우리들이 살고 있는 이 세상에 인간의 이상적 가치가 남아 있다면 모두 그들 덕분일 것입니다.

남들이 알지 못하는 것들을 보고, 듣고, 느끼면서 현실 그 너머의 이상을 쫓는 사람들의 삶이 편하고 안락했을 리 없습니다. 비정한 현실에서 살아남기 위해서는 현실의 논리에 복종해야 합니다. 만일 거부한다면 그에 따르는 고통과 불행은 본인 스스로 감당해야 합니다. 그럼에도 그들이 현실 너머의 이상을 쫓는 삶을 추구할 수 있었던 열정과 순수의 에너지는 어디에서 비롯되었을까요?

만일 그 에너지의 실체에 이름을 붙인다면 '천사'라 하고 싶습니다.

천사는 재닛의 책상 위 타이프라이터 곁에 늘 재닛과 함께 있었습니다. 천사와 함께 있으며, 천사와 이야기를 나누는 재닛은 기쁘고 행복했습니다. 그리고 그 기쁨과 행복은 7년간의 폐쇄병동에서 100번이 넘는 전기치료를 받으면서도 그녀를 단백질 덩어리가 아닌 사람으로 버틸 수 있게 해주었습니다. 어쩌면 그래서 더 힘들었을지도 모르지만.

이 고단한 삶은
왜 이어가야 하는지

천상병 시인은 고문 후유증으로 몸과 마음 모두 망가진 후에도 시 쓰기를 멈추지 않았습니다. 어쩌다 시를 한 편 쓴 날은 너무나 행복해했습니다. 천상병 시인이 그토록 불행한 삶을 살았음에도 '죽어서 하늘로 돌아간 후 이 세상에서의 삶이 아름다웠다'고 말할 수 있었던 것도 하루도 거르지 않았던 막걸리를 마시며 시를 떠올릴 때 '천사'도 그 자리에 함께 있었기 때문인지도 모릅니다.

천사는 소설이나 시 같은 문학에만 등장하는 건 아닙니다. 영화 〈내 책상 위의 천사〉를 보면서 우리와 동시대에 살고 있는 어느 철학자가 떠올랐습니다. '알렉산드르 졸리앵 Alexandre Jollien'은 스위스에서 태어났습니다. 트럭운전사 아버지와 가정부 어머니 사이에서 태어난 그는 출생 당시 탯줄이 목에 감겨 질식사 직전에 기적적으로 목숨을 건졌지만, 그로 인해 뇌성마비를 갖게 되었습니다.

그는 세 살 때부터 부모 곁을 떠나 17년간 요양 시설에서 지냈습니다. 보통의 아이들은 꽤 오랜 시간 동안 부모와 가정의 보호를 받으며 성장합니다. 어린 아이들은 어떤 위기 상황이 닥치면 본인 스스로 주체적으로 해결하기보다는 부모에게 의지하고 부모로부터 보호를 받고자 합니다. 그러나 지독한 가난이라든가, 전쟁과 같은 특수한 상황, 혹은 졸리앵처럼 태어날 때부터 장애를 가지고 태어날 경우에는 어린 시절부터 혼자만의 힘으로 자기 자신을 지켜내는 법을 배워야 합니다.

한 살, 두 살 성장하면서 졸리앵은 남들과는 다른 자신의 몸과 그 몸으로 마주해야하는 특별한 상황을 경험하면서 똑같은 질문을 수없이 반복했을 것입니다.

'왜? 도대체 왜?'

졸리앵이 던진 질문은 쉽게 답은 나오지 않았습니다. 같은 질문의 답을 찾기 위해 어떤 사람은 평생을 수도자로 살기도 합니다. 혹은 살아가면서 이런 질문에 문득 사로잡히게 되더라도 밀려드는 실존적인 삶의 굴레를 맞이하는 과정에서 자신도 모르는 사이 질문을 잊고 생존이라는 현실적인 삶에만 몰두하게 됩니다. 현실적인 실존의 문제는 본질적인 삶에 관한 의구심보다 더 즉각적이고 강력하기 때문입니다. 무엇보다 삶의 본질에 대한 답을 찾기란 무척 어렵기 때문입니다. 다행히 졸리앵에게는 한 가지 결정적인 행운이 따랐습니다.

졸리앵은 일상을 살아가는 일을 '전투'라고 표현합니다. 왜 아니겠습니까. 뇌성마비의 불편한 몸으로 하루의 일상을 성공적으로 마치는 것이 마치 전투를 치르는 것 같았을 것입니다. 그뿐만 아니라 졸리앵이 맞서 싸워야 하는 것들이 또 있었습니다. 불편한 몸의 졸리앵을 바라보는 사람들의 시선입니다. 비장애인들에게 비친 졸리앵은 비정상적인 몸을 가진 불쌍한 존재이며, 제대로 된 인간의 삶을 영위할 수 없는 '잉여의 존재'였습니다. 사람들은 '장애인=불행한 사람'이라는 공식을 가지고 있습니다. 바로 이러한 고정관념 때문에 졸리앵과 같은 장애인들이 누릴 수 있는 삶은 축소되어 버립니다. 온전한 인간으로서의 삶이 아닌 잉여의 존재로서의 삶입니다. 졸리앵은 잉여의 존재가 되기 싫었고 그런 삶을 원하지 않았습니다.

청소년 시절 노^老철학자와의 만남 이후 졸리앵은 전략과 무기를 찾고자 대학에서 철학을 전공합니다. 인류 역사 속에 수많은 철학자들이 졸리앵만큼의 절심함으로 '왜?'라는 질문을 던졌고 그 질문의 답을 찾기 위해 인생을 바쳤습니다. 졸리앵은 그들을 찾아가 그들에게 전투에 필요한 전략과 도구들을 빌려왔습니다. 그리고 전투에 대한 의지와 투지를 키워나갑니다. 졸리앵은 그의 책에서 말합니다. 불행한 체험일수록 더 나아지기 위한 기회가 된다고, 불행에 압도당하지는 말

자고. 또한 고통의 경험 하나하나에 의미를 부여하며 살아가
는 내내 고통, 공허, 위협이 집어삼킬 듯 덮쳐오더라도 그에
맞서 기쁨을 쌓는 일에 매진하라고..

　졸리앵이 치루는 전투에서 승리의 대가는 '기쁨'입니다.
아주 사소한 것일지라도 삶의 기쁨은 졸리앵을 잉여의 존재
가 아닌 존엄하고 당당한 한 인간임을 느끼게 해줍니다. 또
이렇게 얻은 기쁨들이 다음 전투의 에너지가 되고 또 다른 도
구가 되기도 합니다.

❖

언젠가는 기쁨이 될
고통을 감내하며

《인간이라는 직업》^{문학동네, 2015}의 부제는 '고통에 대한 숙고'입니다. 졸리앵이 말하는 고통은 그와 같은 장애인들만이 겪는 특별한 고통이 아닙니다. 정도의 차이는 있겠지만, 모든 인간은 태어남과 동시에 고통을 겪을 수밖에 없습니다. 아무리 영리하고 능력 있는 사람일지라도 고통 없는 삶을 살 수는 없습니다. 스스로의 잘못된 선택에 의해 고통을 받을 수 있고, 자신의 의지와 상관없이 운명처럼 고통이 주어지기도 합니다.

비록 스스로의 선택으로 인해 고통을 받게 되었더라도 선택의 목적이 고통일 리 없습니다. 우리는 항상 행복과 기쁨을 위해 어떤 선택을 하지만, 그 선택의 결과가 기쁨이 될지 고통이 될지는 알 수 없습니다. 고통의 크고 작음과 고통의 원인이 무엇이냐는 차이는 있어도 고통은 어머니의 몸에서 분리되어 이 세상에 던져진 모든 인간이 감수해야 하는 대전제와도 같습니다. 즉 고통은 인간의 실존에 있어서 변함없이 고정된 상수^{常數}이며 디폴트^{default}입니다.

우리는 인생의 동반자인 고통에 대해 언제나 두려움을 느끼고 있습니다. 그래서 두려움과 걱정 속에서 아직 닥치지도 않은 미래의 고통을 어떻게든 최소화하거나 피해보려고 오늘의 수고와 고통을 감내하는 삶을 살아갑니다. 그러다가 종국에는 죽음이라는 가장 큰 고통을 맞이하게 됩니다. 매우 비관적으로 보면 고통 속에서 태어나 고통스럽게 살다가 고통스럽게 죽는 게 우리들의 인생일지도 모릅니다.

고통의 반대말은 기쁨일 것입니다. 고통받기 위해 사는 사람은 아무도 없습니다. 우리가 고통을 감내하는 이유도 고통이 지나면 기쁨이 있으리라는 희망 때문입니다. 우리는 고통에 대한 두려움 때문에 마치 고통 없음이 곧 기쁨이고 행복이라고 생각할 때가 있습니다.

/

우리는 이와 비슷한 경험들을 가지고 있습니다. 병이 걸려서 투병 생활을 하고 있을 때, 경제적으로 매우 어려운 시기를 겪고 있을 때, 가슴 아픈 실연의 상처를 받고 있을 때, 우리는 이러한 고통의 시간이 지나면 기쁨과 행복이 찾아오리라 생각합니다. 그러나 그 시기가 지나고 괴로워했던 문제가 사라졌어도 삶은 여전히 고통스럽고 행복하지 못합니다. 고통스러운 시간이 지나간다고 기쁨과 행복의 시간이 시작되는 것은 아닙니다.

여기서 우리는 한 가지 사실을 깨달을 수 있습니다. 우리는 삶의 기쁨과 행복을 고통과 함께, 고통 속에서 찾아야 한다는 것입니다. 졸리앵이 말하는 전투는 바로 고통에서 기쁨을 찾기 위한, 고통을 기쁨으로 바꾸기 위한 노력의 다른 표현입니다. 졸리앵의 천사는 문학이 아닌 철학에 있었습니다.

사람은 누구나 고통를 통해 깨닫고 고통과 함께 성장합니다. 고통이 없으면 깨달음도 없고 성장도 없습니다. 왜 그래야만 하는지는 알 수 없지만, 인간의 영혼(정신)과 인생의 관계는 애초부터 그런 식으로 설계되어 있는 것 같습니다.

뇌성마비라는 장애로 인해 고통스러운 일상을 살아야 했던 졸리앵은 어린 시절부터 '왜?'라는 질문을 던지며 인간의 실존에 대한 고민을 했습니다. 졸리앵에게 고통이 없었다면 그런 고민도 없었을 것입니다. 그리고 그가 겪는 고통은 철학자들의 마음과 이어주는 통로 역할을 했고, 마침내 그는 인생이라는 전투에서 승리하는 방법과 삶의 의미와 가치에 대해서도 알게 되었습니다. 삶의 기쁨과 행복을 누리는 법을 알게 되었습니다.

'행복의 조건'에 대해 얘기하는 사람들이 있습니다. 우리는 어떤 사람에게 '그는 행복을 위한 모든 조건을 갖추었다'고 말하기도 합니다. 요리의 레시피에 적힌 재료처럼 어떤 어떤 항목과 요소들이 모이면 행복이 탄생할 것이라는 건 대단한 착각입니다. 사람들이 말하는 행복의 조건이란 것들은 불행이나 고통을 줄여줄 방어막은 될 수는 있어도, 행복 그 자체는 될 수 없습니다. 오히려 세상에서 말하는 행복의 조건들에 지나치게 집착하여 그로 인해 엉뚱한 불행을 맞이하기도 합니다. 나는 지금까지 행복의 조건을 잘 갖추어서 행복을 누리는 사람보다 행복의 조건에 집착하다가 오히려 불행하게 살아가는 사람들을 더 많이 보았습니다.

행복은 무언가를 더하거나 빼서 이룰 수 있는 것이 아닙니다. 행복은 본래부터 어딘가에 있는 실체가 아니라 우리 안에서 창조되는 것입니다. 온갖 조명들이 밝혀진 도시의 밤하늘보다 황량한 사막의 깜깜한 밤하늘에 무수한 별빛이 찬란하게 반짝이듯, 고통의 이면과 그 너머에서 더욱 깊고 풍성한 행복과 기쁨을 발견하고 창조할 수 있습니다. 그때의 행복과 기쁨은 현실 속 우리들의 삶뿐만 아니라 우리들의 마음과 영혼까지 맑고 밝게 빛나게 해줍니다. 만일 그런 경험이 있다면 그 순간 천사와 함께 있었음이 분명합니다.

고통의 나날 속에서
아름다움을 발견하며

고통은 우리의 실존을 뿌리째 흔듭니다. 고통은 인간과 삶의 가치를 비웃습니다. 고통은 우리의 영혼과 마음을 굴복시킬 때까지 멈추지 않습니다. 고통이 우리에게 원하는 것은 절망입니다. 고통은 고통 이외에 아무것도 남기지 않습니다. 우리는 그저 고통스러운 신음과 비명만 낼 수 있습니다. 고통은 우리의 삶을 죽음으로 향하게 합니다. 바로 이런 이유들 때문에 우리는 고통으로 가득 찬 삶에서 치열한 전투를 치러야 합니다.

철학이 무엇이고 문학이 무엇이길래 졸리앵과 재닛은 고통 속에서 기쁨을 찾고 고통의 나날 속에서 아름다움을 발견하며 계속 앞으로 나갈 수 있었을까요? 이유는 다른 동물들과 달리 인간은 '생존' 그 이상의 존재이기 때문입니다. 시몬 베유Simone Adolphine Weil가 말한 '중력과 은총'처럼 한없이 밑바닥으로 끌어당기는 고통이라는 중력에 저항하며 하늘로, 가치와 의미로 상승하고자 하는 숭고함을 인간은 함께 가지고 있기 때문입니다. 그런데 왜 우리는 삶을 고통으로 끌어당기는 중력에 대해서는 익숙한데 그것에 저항하는 은총에 대해서는 낯설게 느껴질까요.

/

　인간으로서의 삶의 가치와 의미에 대해 우리는 특별히 배운 적이 없습니다. 오히려 그런 것들에 대한 언급이나 관심은 비웃음을 받기도 합니다. 현실적인 삶과는 아무런 상관이 없다고 생각하기 때문입니다. 문제는 여기에 있습니다. 그렇게 살다가 재닛이나 졸리앵 처럼 깊고 어두운 고통의 바다에 바다에 허우적대는 상황을 마주했을 때 어떻게 구조를 받을 수 있을까요? 고통 속에서 삶의 기쁨은 어떻게 찾을 수 있을까요? 정말 고통에서 시작되어 고통 속에서 살다가 고통스럽게 죽음을 맞이하는 게 우리들 인생의 진실일까요? 물론 '나에게는 그런 일이 절대 일어날 리 없다'고 믿는 사람들에게는 의미 없는 질문입니다.

　인간으로서의 삶의 가치와 의미에 대한 고민과 노력이 현실적인 삶과 상관이 없다는 말은 거짓입니다. 오히려 정반대로 삶의 가치와 의미에 대한 각자의 생각보다 더 현실적으로 삶에 영향을 미치는 것은 없습니다. 인생의 어려운 시기, 또 중요한 상황을 마주하면 우리는 반드시 어떤 판단을 하고 상황에 대처해야 합니다. 그때 우리들의 판단의 근거가 되어주는 것이 바로 각자 가지고 있는 삶에 대한 가치와 의미입니다. 그것이 돈일 수도 있고, 사회적 성공일 수도 있고, 명예일 수도 있고, 어떤 신념이나 신앙일 수도 있습니다. 그렇게 저마다의 기준에 의해 내려지는 판단들로 상황들은 완전히 새롭게 전개되기도 하고, 그 결과와 과정이 우리들의 삶의 내용으로 채워집니다.

수천 년 동안 이어져온 인류 문명사 속에서 시대마다 살아가는 환경은 다르지만 개개인의 삶에 담겨진 인간의 감정은 비슷합니다. 인간으로 타고난 욕망과 본능이 비슷하기 때문일 것입니다. 또 시대마다 구체적인 사건과 상황들은 달라도 기쁨과 행복과 고통의 본질도 비슷합니다. 그래서 앞선 시대의 사람들도 저마다의 고통 속에서 지금 우리와 비슷한 고민과 갈등을 했고, 삶에 대한 본질적인 질문을 했습니다. 그 가운데 어떤 이들은 고통 속에서도 인간으로서의 기쁨과 행복을 누릴 자격이 있음을 깨닫고 그럴 수 있는 지혜를 추구했으며, 또 그들 가운데 어떤 이들은 자신의 깨달음과 환희와 신비의 경험을 글로 적어 후대에 남겼습니다. 그것이 바로 철학이며 문학입니다. 그러니 지금 우리가 고통 속에 있다면 어떻게 철학과 문학에 도움을 청하지 않을 수 있겠습니까.

고대 철학자들은 '끊임없이 나아가야 하는 사람들'이라는

의미로 스스로를 '전향적인 사람들progredient'이라고 지칭했다
고 합니다. 졸리앵은 이들의 삶의 태도에 열광합니다. 단순히
살아가는 일과 앞으로 나아가는 일은 전혀 다릅니다.

살아가는 일은 생존에 머물고 고통을 견디는 일이지만,
앞으로 나아가는 일은 고통을 감내하며 그 속에서 인간으로
서 기쁨과 행복을 찾으며 인간으로서의 가치와 의미를 삶 속
에서 실현하는 것입니다.

나로 산다는 것이
너무 힘들다
영화 〈파이란〉

'환희'는 우리를 참다운
인간으로 이끌어주고

영원한 생명과 참자아의
향기 속에서 사랑과 기쁨으
로 가득 찬 일상으로 이끌어
줍니다.

영화 〈파이란〉의 주인공 이름은 '강재'입니다. 강재는 배 한 척 살 돈 벌어오겠다고 큰 소리를 치고 고향을 떠나 건달 세계에 뛰어들었습니다. 세월이 흘러 함께 건달 생활을 시작했던 친구는 조직의 보스가 되었지만, 그는 청소년들에게 불법 비디오를 팔고, 동네 구멍가게를 협박하여 자릿세나 뜯어내는 그야말로 한심한 삼류 건달 처지에서 벗어나지 못합니다.

/

그러던 어느 날, 강재는 조직의 보스가 저지른 살인사건 현장에 함께 있게 됩니다. 궁지에 몰린 보스는 강재에게 그의 소원이었던 배 한 척 살 돈을 줄 테니 자기 대신 범죄를 뒤집어 써줄 것을 부탁합니다. 그 무렵 경찰이 강재의 집을 찾아옵니다. 살인사건 때문이 아니라 강재 아내의 사망 소식을 전해주기 위해서였습니다. 아내의 이름은 '백란'. 중국식으로 발음하면 '파이란'입니다. 그런데 강재는 중국인 아내의 이름조차 기억하지 못합니다. 거기에는 나름 까닭이 있습니다.

파이란은 어머니가 죽고 난 후 그녀의 유일한 친척을 찾아 한국에 왔습니다. 그런데 그녀의 친척은 이미 다른 나라로 이민을 떠난 후였습니다. 갈 곳이 없게 된 파이란은 인력소개소를 찾아갔습니다. 당장 먹고 살려면 일을 해야 하는데 여권의 체류 기간이 짧아 그럴 수 없었습니다. 이런 상황에서 직업소개소에서 제안한 방법이 위장결혼이었고, 돈을 받고 일면식도 없는 파이란의 호적상 남편이 된 사람이 바로 강재였습니다.

위장결혼을 하고 비록 한국에서 살 수 있게는 되었지만, 파이란에겐 피를 토하는 기침병이 있었습니다. 그래서 일할 곳을 찾지 못하다가 강원도 작은 어촌에 있는 세탁소에서 힘겹게 보금자리를 잡습니다. 파이란은 진심으로 강재를 남편으로 생각하고 있었습니다. 파이란은 혼인신고 서류에 붙어 있는 강재의 사진을 바라보며 남편에 대한 사랑을 키워나갑니다. 그리고 언젠가는 남편이 찾아올 것이라는 희망도 가져봅니다. 그나마 평화롭던 파이란의 일상도 잠시, 그동안 잠잠했던 기침병이 다시 도집니다. 그러나 치료비를 구할 수 없어 결국 외롭게 죽어갔습니다.

보스가 저지른 살인사건을 뒤집어쓰러 자수를 하러 가기 직전, 강재는 난데없이 아내의 죽음 소식을 접하게 됩니다. 위장결혼일지라도 파이란의 법적인 남편이므로 강재는 어쩔 수 없이 그녀의 시신을 수습하고 장례를 치르기 위해 파이란이 살았던 강원도 어느 어촌마을로 떠나게 됩니다. 이후 영화는 파이란의 시신을 마주하는 과정에서 일어나는 강재의 내

적변화를 다루는 일종의 성장 드라마로 분위기가 바뀝니다. 본인 스스로 삼류 건달이라고 규정하고 그런 삶을 살아온 강재가 파이란이 계기가 되어 태어나 처음으로 스스로에게 철학적 질문을 던지게 되었습니다.

'나는 누구인가?'

❖

'나를 안다'는
단단한 힘

법정 스님은 삶이 힘들고 괴로울 때, 그래서 절망에 빠져 있을 때 삶의 본질에 관해 생각하라고 합니다. 하지만 그건 법정 같은 수행자들이나 할 수 있는 일이지, 가뜩이나 힘들고 괴로워 죽을 지경인데 누가 한가하게 삶의 본질에 대해 생각할 수 있겠습니까. 그러나 법정은 그럴 때일수록 더욱더 삶의 본질에 대해 생각해야 한다고 합니다. 그리고 삶의 본질이 무엇인지 깨닫게 해주는 방법을 알려줍니다. 바로 자기 자신에게 '나는 누구인가?'라는 질문을 던지는 것입니다. 나는 내 자신에게 물어보았습니다.

'나는 누구인가?'

어떻게 보면 너무나 쉬운 질문입니다. 나의 이름은 최종태입니다. 나의 직업은 영화감독이며, 때로는 소설이나 에세이를 쓰는 작가이기도 합니다. 나는 두 딸의 아빠이며, 내 부모님의 아들입니다. 나는 강원도에서 태어나 자랐습니다. 어린 시절 나는 미술을 잘했고, 체육은 영 별로였습니다. 나는 대학입학과 함께 서울에 살기 시작하여 지금까지 살고 있습니다. 나의 키는 174센티미터이며 몸무게는 70킬로그램이고, 교통사고 후유증으로 관절염이 생겨 고생하고 있습니다. 나는 자전거 타기를 좋아하고, 좋아하는 반찬은 두부조림과 고추장 멸치볶음입니다. 나는 내 명의로 된 은행빚이 있으며, 네이버에 내 이름을 검색하면 내가 만든 영화와 내가 쓴 소설들이 소개됩니다. 나는 내 다리로 걸어서 지하철역까지 걸어가고, 내 손으로 커피믹스를 타서 마시며, 내 눈으로 영화를 보고 독서를 합니다.

이외에도 나는 내가 누구인지 상세하게 설명할 수 있습니다. 이처럼 누구나 쉽게 자기 자신이 누구인지 설명할 수 있는데, 왜 법정은 삶이 힘들고 괴로울 때 이렇게 답이 뻔한 질문을 하라고 했을까요?

/

화가 고갱은 사회적으로 인정받는 유능한 기업가였습니다. 그런데 어느 한 순간 가족과 직장을 모두 버리고 그림을 그리기 위해 홀로 타히티로 떠납니다. 글로는 쉽고 간단하게 표현되었지만, 우리가 고갱이 되어 생각해보면 가족과의 생이별, 사회적 기득권의 포기, 문명이 단절된 낯선 곳에서의 삶이라는 고갱의 선택 가운데 어느 하나도 엄두조차 내지 못할 일입니다.

도대체 무엇이 고갱으로 하여금 그런 극단적인 결정을 내리게 했는지는 알 수 없지만, 고갱은 타히티에서 그림에만 몰두합니다. 그러던 어느 날, 고갱은 사랑하는 딸이 사망했다는 소식을 받게 됩니다. 그 후 그는 더 이상 생애에 대한 애착을 포기하고, 마음에 품어왔던 대작을 완성한 뒤 스스로 죽기로 결심합니다.

그렇게 완성한 작품이 그의 생애 최대의 대작 '우리는 어디에서 왔는가? 우리는 무엇인가? 우리는 어디로 가는가? Where Do We Come From? Where Do We Go? What Are We?'입니다.

그런데 법정 스님처럼 일반적으로 '나는 누구인가?' 혹은 '우리는 누구인가?'라고 질문을 하는데, 고갱은 '우리는 무엇인가?'라고 묻습니다. 그렇다면 고갱의 'What'에 대한 답을 찾기 위해서는 인간이라는 존재에 대한 추상적인 해답보다 구체적이고 과학적인 답을 찾아야 할 것 같습니다.

신화학자 조지프 캠벨의 《블리스, 내 인생의 신화를 찾아서》아니마, 2018에서는 인도의 베단타베단타. Vedānta학파의 교리를 통해 고갱의 질문에 답을 찾아보고자 합니다. 베단타 학파는 힌두교의 철학적·신비적 가르침을 연구하는 학파입니다. 베단타 학파의 교리는 생명의 근원이며 참된 나眞我인 아트만Atman을 둘러싼 다섯 겹의 층위에 대한 이야기입니다.

❖

먹는 인간에서
생각하는 인간으로

가장 바깥쪽에 있는 첫 번째 층위인 '안나마야 코샤 Annamaya Kosha'는 음식층이라고 부릅니다. 이 층은 음식으로 만들어지는 육체라는 몸으로, 죽으면 다시 음식이 됩니다. 사람도 죽은 후 음식이 됩니다. 실제로 고대 사회에서는 사람이 죽으면 광야에 버려 시신이 독수리 등 동물들의 음식이 되도록 하는 장례 문화도 있었습니다. 관에 담아 매장한 시신 역시 온갖 미생물들의 음식이 됩니다. 저의 어머니는 돌아가신 후 시신이 미생물들에게 추하게 먹히는 게 싫다며 화장火葬을 부탁하시기도 했습니다.

수렵채집시대 고대인들은 사냥을 해서 생명을 먹기도 했지만, 반대로 맹수들에게 잔인하게 먹히기도 했습니다. 영화 〈파이란〉의 이강재가 속해 있는 건달들의 세계는 마치 수렵채집시절의 고대인들의 삶처럼 그야말로 약육강식의 먹고 먹히는 세계입니다. 그런 곳에서 삶은 오직 살아남기 위한 야생의 동물과 같습니다.

그랬던 강재가 위장결혼을 한 서류상의 아내의 시신을 마주한 후 깊은 고민에 빠지게 되었습니다. 그때부터 강재는 '나는 누구인가?'라는 질문을 시작했을지도 모릅니다. 시체보 관소에서 나온 강재는 함께 온 건달 동생과 포장마차에서 생 선회를 안주로 술을 마십니다. 아무 생각없이 열심히 생선회 를 먹는 후배를 가만히 바라보던 술취한 강재가 이렇게 말합 니다.

"참 좆같은 새낄세. 너 안주 왜 먹는데? 배고파 쳐먹는 거냐 아니면 몸 생각해서 쳐먹는 거냐? 저런 것도 먹고 살 겠다고 배 속에 꾸역꾸역… 싫다. 싫어… 어이 형씨, 왜 살 어?"

비록 서류상에 불과하지만 아내 파이란의 시신을 마주한 후 강재에게는 인간이라는 존재에 대한 새로운 인식이 막 시 작됩니다. 그래서 불쌍한 인생을 살다가 억울하게 죽은 한 여 인에 대해서 아무런 감정도 없이, 먹을 것만 보면 덤벼드는 동물처럼 생선회 먹는 것에만 몰두하는 건달 후배가 한심해 보였던 것입니다.

다섯 겹의 층위 가운데 두 번째는 호흡층인 '프란나마야 코샤Pranamaya kosha'입니다. 음식층이 어떤 생명체를 음식으로 먹는, 또 다른 생명체의 음식이 될 육체라는 우리의 몸 그 자체를 말한다면, 호흡층은 그런 육체에 깃든 생명을 말합니다. 즉 음식으로 구성된 우리의 몸을, 또는 그 몸이 섭취한 음식을 생명으로 바꾸는 역할을 하는 곳이 호흡층입니다. 우리가 죽은 사람에게 '숨을 거두었다'라고 말하듯, 동서고금을 막론하고 호흡, 즉 '숨'은 생명을 의미합니다. 인디언들은 추운 겨울 들소의 코에서 수증기처럼 뿜어나오는 뜨거운 숨을 생명의 상징으로 여겼습니다.

세 번째는 의식층인 '마노마야 코샤^{Manomaya Kosha}'입니다. 모든 생명체들은 각각 다양한 감각기관들을 가지고 있습니다. 음식층의 몸과 호흡층의 숨으로 생명을 얻게 된 생명체들은 긴 시간의 진화과정 속에서 각각 저마다의 생존환경에 가장 적합한 감각기관을 갖게 되었습니다. 동물의 경우에는 그러한 감각기관을 통해 얻게 된 정보들은 뇌로 전달된 후 뇌의 명령에 따라 구체적인 생명 활동을 하게 됩니다. 그런 의미에서 의식층 '마노마야 코샤'는 바로 외부의 정보를 인식하는 감각기관과 그렇게 얻게 된 정보를 분석하여 몸을 통제하는 '뇌'라고 말할 수 있습니다.

/

동물학자 에드 용의 저서 《이토록 굉장한 세계》^{어크로스, 2023}

는 저마다 다른 감각기관을 가지고 있는 지구상의 수많은 생명체들이 어떤 방식으로 그들을 둘러싼 세상을 인식하고 살아가는지 수많은 사례들을 통해 알려줍니다. 각각의 생명체들은 저마다 인지하는 고유의 세계 속에서 생명활동을 이어가고 있습니다. 어떤 생명체에게는 보이는 것이 어떤 생명체에게는 보이지 않고, 또 어떤 생명체에게는 느껴지는 것이 다른 생명체에게는 느껴지지 않습니다. 그런 의미에서 각각의 생명체들이 감각기관과 그들의 뇌를 통해 얻게 되는 의식에 따라 이 세계는 전혀 다른 모습으로 존재한다는 사실이 매우 흥미롭습니다.

음식층, 호흡층, 의식층 이 세 가지만 있어도 우리는 살아갈 수 있습니다. 우리가 즐겨하는 컴퓨터 게임도 이 범주 안에서 즐길 수 있으며, 스키, 서핑 등 우리들이 즐겨하는 레저활동과 스포츠도 그렇습니다.

우리 안에는
타고난 지혜가 있다

네 번째는 '비즈나마야 코샤Vignanamaya Kosha', 지혜층입니다. 여기서 말하는 지혜는 우리들이 일상에서 말하는 삶의 지혜 혹은 종교적 영성이 추구하는 지혜와는 다른 의미입니다. 비즈나마야 코샤의 지혜층은 생존과 종족보존을 위해 본래부터 타고난 지혜를 의미합니다.

1940년대 심리학자 해리 할로Harry Frederick Harlow는 붉은 털 원숭이를 대상으로 스킨십에 대한 실험을 했습니다. 해리 할로 박사는 우리 두 개를 준비하고 그 안에 어미와 격리된 새끼 원숭이들을 넣었습니다. 두 개의 우리에는 각각 헝겊으로 만든 원숭이 모형과 철사로 만든 원숭이 모형이 있었습니다. 여기에 추가적으로 철사로 만든 원숭이 모형에는 우유를 먹을 수 있는 장치를 설치해두었습니다. 어린 원숭이들은 자유롭게 두 우리를 오갈 수 있습니다. 그런데 어린 원숭이들은 이들은 배가 고플 때만 철사 원숭이가 있는 우리에서 우유만 먹고, 나머지 대부분의 시간을 헝겊 원숭이와 함께 지냈습니다. 어린 원숭이들은 어미 원숭이에서 느낄 수 있는 포근함이

장기적인 그들의 성장과 안전에 더 필요하다는 지혜를 갖고 있었습니다.

〈나의 문어 선생님〉이라는 다큐멘터리를 보면서 문어가 그렇게 지능이 좋은지 처음 알게 되었습니다. 특히 알을 낳고 알에서 새끼들이 부화할 때까지 굶으며 지키다가, 알에서 부화한 새끼들에게 자신의 몸을 음식으로 내주고 죽어가는 문어의 모습은 감동적이었습니다. 사람들은 그런 문어의 행동을 부모의 헌신적인 사랑으로 생각하는데, 처음부터 문어에게 각인된 종족보존의 본능, 즉 지혜층의 한 부분이었다고 생각합니다.

얼마 전 전 세계를 공포로 몰고갔던 코로나 바이러스는 뇌가 없는 원시생명체임에도 나름의 방식으로 지혜층을 이루고 있는 거 같습니다. 코로나 바이러스가 한참 맹위를 떨치다가 어느 순간 새로운 바이러스로 변이하기 시작하면서 또 한 번 인간들을 두려움에 떨게 했습니다. 그때 바이러스 전문가들은 변이 바이러스는 치명적이지 않을 것이라 예측했는데, 그 이유가 매우 인상적이었습니다.

코로나 바이러스의 숙주는 바로 인간의 몸입니다. 다시 말해, 코로나 바이러스는 인간의 몸이 있어야만 자신의 생명을 이어갈 수 있습니다. 그런데 코로나 바이러스로 인해 인간이 멸종된다면 동시에 숙주를 잃은 코로나 바이러스도 멸종

될 수밖에 없습니다. 그래서 바이러스는 인간과 공생, 공존하는 관계를 선택하고 스스로 치사율을 낮게 변이시킨다는 것입니다. 뇌가 없는 생명체가 어떻게 이런 지혜로운 판단을 할 수 있는지 놀라웠습니다.

반면 지구상의 생명체들 가운데 가장 우수한 뇌를 가진 인간은 지구환경을 파괴하면서 인간과 지구가 공멸하는 길을 멈추지 않는지 안타까웠습니다. 그 이유는 인간에게는 다른 생명체에게는 없는 고유한 의식이 있기 때문입니다. 이것을 우리는 '자의식self-awareness'이라고 부릅니다.

/

천도교天道敎의 경전에는 '각자위심各自爲心'이라는 말이 나옵니다. '각자위심'이란 한자의 뜻풀이 그대로 각자 개인의 이익만 추구하는 마음입니다. 이러한 마음은 근본 바탕에 '각자各自', 즉 '자기 자신'이라는 '자의식'이 있기 때문입니다. 자의식을 통해 우리는 타인들과 구분하는 '나'라는 느낌을 갖게 됩니다. '나'와 '타인'이 구별되면 '나'는 당연히 '타인'보다 '나'의 행복과 '나'의 이득을 위하는 마음이 생길 수밖에 없습니다.

자본주의 시장경제체제는 자기 자신이라는 자의식에서

비롯된 각자위심을 기반으로 만들어지고 유지되고 있습니다. 동학의 창시자 최제우는 각자위심의 마음을 개탄하고 경고했지만, 지금은 아침에 태양이 뜨고 밤이 되면 어둠이 찾아오는 것처럼 세상의 당연한 이치처럼 여겨지고 있습니다. 모두가 자기의 이익과 행복만을 위해 살고 사회는 오히려 경쟁을 부추기며 승자만을 찬양합니다. 그러므로 타인들은 경쟁자이거나 아니면 나와는 아무 상관없는 타인이 됩니다. 그야말로 각자위심에 각자도생各自圖生까지 더해진 시대에 우리는 살아가고 있습니다.

각자위심의 세계에서 약자는 동정의 대상이 아니라 좋은 먹잇감이 됩니다. 한국에 살고 있는 유일한 친척을 만날 수 없게 된 파이란은 일자리를 구하기 위해 직업소개소를 찾아갑니다. 직업소개소에서는 일을 하기 위해서는 한국인 남자와 결혼을 하라고 권합니다. 중간 브로커가 끼면서 파이란의 위장결혼은 일사천리로 진행됩니다. 강재는 위장결혼의 대가로 돈을 받아 하루사이 경마장에서 다 날립니다. 중간 브로커는 파이란을 유흥업소에 팔아서 이익을 챙깁니다. 이 모든 사건들이 '나'라는 자의식에서 비롯된 각자위심에서 일어납니다.

내 속엔
내가 너무도 많아서

그럼 여기에서 '우리는 무엇인가?'라는 고갱의 질문을 일단 정리해보도록 하겠습니다. 제일 먼저 '우리는 우리의 몸', 즉 육체입니다. 몸은 위에서 이야기한 음식층, 호흡층, 지혜층, 의식층 네 단계가 모두 합쳐져 구성되어 있습니다. 거기에 그러한 몸을 '나'라고 인식하는 자의식까지 포함시킨 상태를 우리는 일반적으로 '나'라고 생각합니다. 여기에 인도의 베단타 학파의 분류에 포함되지 않는 것이 하나 더 있습니다.

일반적으로 '나'라고 생각하는 '나'는 진짜 내가 아닙니다. 내가 쓴 '가면', 즉 '페르소나persona'입니다. 페르소나는 고대 그리스 가면극에서 배우들이 썼다가 벗었다가 하는 가면을 말합니다. 이 용어를 융이 심리학적으로 재해석하여 새로운 개념을 만들었습니다.

우리는 사회의 구성원이 되면서 자신이 맡은 역할에 적합한 행동을 해야 한다고 배우게 됩니다. 학창 시절에는 어떤 진로를 정할 것인지, 어떤 일을 하면서 살아야 할지 생각하기 시작합니다. 정확히 말하자면 그런 생각을 하도록 교육받습니다. 그 후 자신이 선택한 어떤 역할을 수행하게 됩니다. 그래서 마치 연극의 배우가 분장을 하고, 의상을 갈아입고 자신에게 맡겨진 역할들을 하는 것처럼, 우리는 사회가 요구하는 여러 가지 역할을 수행합니다. 융은 이러한 역할을 페르소나라고 불렀습니다.

　나의 직업은 영화감독입니다. 영화감독이라는 가면은 매우 근사합니다. 촬영현장에서는 마치 신이라도 된 것 같은 기분이 듭니다. 감독이 상상한 어떤 장면을 위해 수십 명의 스태프들과 배우들이 감독이 지시한 말에 따르며, 감독이 원하는 것이 무엇일지 고민합니다. 그런데 촬영이 끝나고 집으로 돌아오면 재빨리 영화감독이라는 가면을 벗어야 합니다. 그래야만 아내의 잔소리를 들으며 쓰레기 분리수거를 할 수 있습니다.

　가면은 연극에서 맡은 역할이 끝나면 배우 휴게실에 있는 옷장에 두고 나옵니다. 우리들에게 주어진 사회적 역할이라는 가면도 마찬가지입니다. 필요할 때는 반드시 써야 하지만, 역할이 끝나면 가면을 벗고 본래의 자기 자신으로 돌아와야 합니다. 그런데 너무 오랫동안 가면을 쓰고 있으면 그 가면에 익숙해져 자기 자신의 본래 모습이 자신이 쓴 가면이라고 생각하고 행동하게 됩니다. 그러다가 가면이 얼굴에 붙어버려 자신의 진짜 얼굴이 무엇이었는지 알 수 없게 됩니다.

반면 우리 내면에는 페르소나에도 포함되지 못하고 자아에도 포함되지 못하는 많은 것들이 있습니다. 우리의 무의식 속에 묻혀 있는 그런 것들을 융은 '그림자'라고 말합니다. 그럼 무의식 속의 그림자는 어떻게 만들어질까요? 사회는 우리에게 정해진 역할을 요구하고, 그 결과 우리는 역할에 적합하지 않은 생각이나 감정들을 우리들의 삶에서 제외시켜야 합니다. 그래서 우리가 하고 싶지만 하지 못하는 것들은 무의식 속으로 들어가 자리를 잡게 되는데, 그것이 바로 융이 말하는 '그림자'입니다.

그림자는 우리 안에 잠재된 또 다른 인격, 또 다른 우리 자신이기도 합니다. 우리가 우리의 삶에서 제외시킨 것들이 정말 쓸모없고 방해가 되는 것들이라면 그런 것들이 묻혀 있는 무의식은 쓰레기 매립지가 되겠지만, 만일 그것들이 우리 자아가 추구해야 할 소중한 것들이라면 그곳은 실현되지 않은 잠재성이 보관된 일종의 지하금고가 될 수도 있습니다.

강재는 동네 양아치짓이나 일삼는 한심한 삼류 건달에 머물러 있습니다. 그래도 건달이라는 페르소나를 지키려고 발버둥을 치는 강재의 모습을 보고 후배 건달들이 비웃습니다.

사실 강재의 본성은 건달세계와 어울리지 않게 착하고 순수합니다. 그래서 보스가 된 친구와는 달리 후배들에게 무시나 당하는 삼류건달 신세가 되었는지도 모릅니다. 아무튼 누가 뭐래도 건달이므로 그의 페르소나에 적합한 역할을 수행하기 위해서는 동정, 사랑, 온유함, 진지함 등 원래 강재의 본성에 있던 이런 것들은 그의 일상에서 제외시켜 무의식에 가둬야만 했을 것입니다. 만일 이강재가 건달이라는 가면을 쓰지 않고, 또는 조금이라도 일찍 그 가면을 벗고 그의 착한 본성대로 살았더라면 전혀 다른 삶을 살 수 있었을 것입니다.

❖

껍데기를 벗어던졌을 때
진정한 나는 어떤 모습일까?

어릴 적 시골에서 초등학교에 다닐 때 논둑과 밭에 심어진 콩을 자주 보았습니다. 그때 보았던 콩은 사실 콩줄기와 콩잎 그리고 콩깍지입니다. 진짜 콩은 콩깍지 안에 있어서 보이지 않습니다. 콩의 줄기와 잎이 자라면서 콩깍지도 자라고, 콩깍지 안의 콩도 자랍니다. 그때까지 콩과 콩깍지는 한 몸의 생명체입니다. 그러다가 다 자라 콩잎이 노랗게 되고 콩깍지가 갈색으로 변하면서 콩잎과 콩깍지에서 서서히 생명이 사라지기 시작합니다. 그때 농부들은 추수를 하여 콩깍지에서 콩을 떨어냅니다. 그제야 우리는 그동안 볼 수 없었던 콩을 만날 수 있습니다.

그 후 콩깍지는 죽어서 버석 말라 썩어갑니다. 그럼 콩깍지와 하나의 생명체였던 콩도 추수가 되면서 죽은 걸까요? 아닙니다. 땅에 버려진 콩깍지는 썩어서 흙이 되지만, 콩은 이듬해 봄에 땅에 심으면 새로운 싹이 돋아납니다. 콩깍지에는 없지만 콩에는 생명이 있기 때문입니다.

이 세상은 신생아실에서 갓난 아기를 맞이하는 만큼 장

례식장에서는 죽은 시신을 맞이합니다. 아버지가 돌아가셨을 때 상주였던 나는 아버지의 시신을 가까이에서 마주할 수 있었습니다. 그때 나는 차가운 아버지의 시신이 꼭 아버지의 껍데기 같다는 생각이 들었습니다. 마치 콩을 털어낸 후의 콩깍지 같았습니다. 나의 아버지의 시신은 화장을 했지만, 매장을 했다면 콩깍지처럼 한줌의 흙으로 변했을 것입니다. 이처럼 인간을 콩에 비유하여 죽은 육체가 콩깍지라면, 생명을 간직하여 다음에 새로운 생명으로 이어갈 콩은 어디에 있나요? 인간은 콩 없이 콩깍지로만 태어나 콩깍지로 끝나는 허망한 존재일까요?

나의 아버지는 치매로 돌아가셨습니다. 증상이 심해져 가족들도 알아보지 못하는 아버지를 보면서 내가 지금껏 알고 있던 아버지는 어디로 갔을까? 안타까웠습니다. 그러나 지금 생각해보면 내가 그리워하던 아버지의 모습도 콩이 아닌 콩깍지에 불과했습니다. 치매와 함께 내가 알고 있던 아버지의 껍데기는 점점 희미하게 사라져갔지만, 내가 볼 수 없었던 아버지의 '참자아'는 아버지의 흐릿한 눈동자 너머에 여전히 있었음을 이제서야 알 거 같습니다. 마치 아직 눈이 밝아지지 않은 신생아의 눈동자 너머에 아이의 몸을 빌어 이 세상에 온 그 아이의 '참자아'가 있듯이 말이죠.

인간도 육체라는 콩깍지 안에 생명을 간직한 콩이 있습

니다. 우리들은 콩깍지 안에 콩이 있음을 알면서도 살아 있는 우리의 몸과 함께 있는 참자아, 영원한 생명은 알지 못합니다. 껍데기에 불과한 육체가 나의 전부라고 생각하고, 그런 자기 자신만을 위해 살아갑니다. 그래서 힘들고 어려운 일을 겪을 때 좌절하고 절망하며, 어떤 경우에는 스스로 목숨을 끊어 죽음으로 달아나기도 합니다. 법정 스님은 그럴 때 '나는 누구인가? 나는 콩인가? 콩깍지인가?' 스스로에게 물어보라고 합니다. 본래의 '내'가 몸이라는 콩깍지가 아니라 우주와 함께 하는 영원한 생명이라는 사실을 깨달을 때, 콩깍지로 겪게 되는 어떤 고난에도 절망하지 않으며 생명의 아름다움과 기쁨을 지켜나갈 수 있기 때문입니다.

그러나 자기 자신에게서 참자아와 영원한 생명을 찾기란 쉽지 않습니다. 출가한 수행자들이 고행의 면벽수행을 하고 은둔생활을 하는 것도 참자아와 영원한 생명을 깨닫기 위해서입니다. 하물며 생존의 아수라 같은 세상에서 살아가는 대부분의 사람들에게 참자아와 영원한 생명을 깨닫기란 무지개를 쫓는 것처럼 무모하고 허황되게 느껴집니다. 바로 이 지점에서 우리는 인도의 베단타 학파에서 말한 참자아를 둘러싸고 있는 다섯 겹의 층위 가운데 마지막 환희층을 떠올릴 필요가 있습니다.

❖

당신에게 환희의 순간은
무엇입니까?

베토벤의 교향곡 9번 합창 4악장의 제목이 '환희의 송가'인데, 이 곡은 독일 시인 프리드리히 쉴러의 시 '환희의 송가'를 가사로 사용하고 있습니다. 쉴러의 '환희의 송가'는 이렇게 시작합니다.

환희여, 아름다운 신의 광채여,

천상낙원의 딸들이여,

우리는 정열에 취하고

빛이 가득한 신의 성전으로 들어간다.

쉴러는 환희를 '아름다운 신의 광채'와 '천상낙원의 딸'이라고 말합니다. 쉴러가 그렇게 표현한 까닭은 환희의 순간이 우리들을 참다운 자아와 연결하는 통로이기 때문입니다.

난데없이 아내의 시신을 수습하러 가게 된 강재는 동해 어촌마을로 가는 열차 안에서 파이란의 사진을 보게 됩니다. 처음으로 보는 아내의 얼굴입니다. 그리고 파이란의 유품 가운데 있던 남편 강재에게 쓴 편지 한 장을 보게 됩니다. 편지에는 결혼해주어 감사하다는 내용이 서툰 한글로 적혀 있었습니다. 그 순간 차갑고 딱딱하게 굳어 있던 강재의 마음에 지금껏 경험하지 못했던 따스한 온기가 비집고 들어옵니다. 그 후 강재에게 신비로운 변화가 일어나기 시작합니다. 그 변화를 환희층이 주도합니다.

/

환희의 감정은 우리들이 일상적으로 쉽게 느낄 수 없습니다. 나는 결혼식 후 미국에 사는 누나와 친지들에게 인사를 드릴 겸 신혼여행을 미국으로 갈 수 있었습니다. 누나 집에 가기 전에 미국 서부 지역 몇 군데를 관광하는 패키지 여행을 했습니다. 관광지 코스 가운데 그랜드 캐년도 포함되어 있습니다. 계곡 아래까지 내려가 직접 체험하지는 못했지만, 조금 떨어진 거리에서 그랜드 캐년 계곡 전체를 볼 수 있었습니다. 아내와 나는 수십 억 년 지구의 역사가 그대로 재현된 장엄한 광경을 오랫동안 바라보았습니다. 감동 그 이상이었습니다. 거대한 우주적 창조의 흔적을 마주하고 있으니, '나'라는 존재가 소의 엉덩이에 붙어 있는 똥에 날라드는 파리만도 못한 미미한 존재처럼 느껴졌습니다.

관광을 마치고 버스에 돌아왔는데 아내가 울기 시작했습니다. 아내가 우는 건 그때 처음 봤습니다. 아내의 눈에서 흐르는 눈물은 멈출 줄 몰랐습니다. 얼마 후 아내의 눈물이 진정된 후 나는 아내에게 왜 울었냐고 물어보았습니다.

"몰라. 그냥 눈물이 나와."

아내는 나보다 훨씬 더 그랜드 캐년의 웅장한 모습에 감동을 받았던 거 같습니다. 그 감동이 알 수 없는 북받침으로 변하여 눈물을 흘리게 했습니다. 아내는 왜 아무런 인연이나 사연 없는 그랜드 캐년 앞에서 그토록 감동을 받았을까요? 아내에게 그런 감동을 느끼게 했던 원인은 무엇일까요? 그때 아내는 환희의 순간을 경험했습니다. 깊은 감동으로 눈물을 흘렸던 것은 아내의 표현대로 아내도 모르는 또 다른 아내, 어쩌면 우리가 일상 속에서 인지하지 못하는 '참다운 나'와의 소통이 이루어진 순간일지도 모릅니다.

영화 〈파이란〉의 강재도 이와 비슷한 경험을 합니다. 아내의 경험은 장엄한 자연의 풍경 속에서 느낀 잠시 동안의 환희의 순간이었습니다. 그러나 강재의 경우에는 그동안 살아온 그의 삶을 온통 뒤흔들고 부정하게 만드는 환희의 순간이었으므로 훨씬 강력하고 치명적이었습니다.

마침내 강재는 차가운 시신이 되어버린 아내와 대면하게 됩니다. 그리고 파이란의 유골함을 들고 바닷가 방파제에 앉아 그녀가 죽기 전에 남긴 마지막 편지를 읽고 나서 오열하기 시작합니다. 강재의 마음속을 비집고 들어온 따뜻한 온기는 강재의 인생에서 처음으로 받아본 진심 어린 감사와 그리움과 사랑이었습니다. 파이란의 순수한 사랑은 그동안 강재가 모르고 있던 강재로, 본래의 강재로 돌아오게 했습니다.

영화 〈파이란〉은 비극적으로 끝납니다. 하지만 강재는 본래의 자기를 다시 찾았고, 마지막 순간까지 비디오로 녹화된 파이란의 모습에게서 눈을 떼지 않으며 사랑이 가득한 마음으로 마지막 숨을 거둡니다.

나는 고갱의 '우리는 무엇인가?'라는 질문에 대한 답으로 베단타 학파의 인간을 구성하는 다섯 겹의 층위에 대한 설명이 매우 적합하다는 생각이 듭니다. 그런데 많은 사람들은 마지막 다섯 번째 환희층을 경험하지 못하거나 자신의 존재에 환희층을 제외시키기도 합니다. 바로 콩깍지가 자기 자신인 줄 알고 살아가는 삶이며, '각자위심'의 마음만으로 살아가는 경우입니다.

쉴러가 환희를 '아름다운 신의 광채'와 '천상낙원의 딸'이라고 표현한 것처럼 '환희'는 우리를 참다운 인간으로 이끌어주고 영원한 생명과 참자아의 향기 속에서 사랑과 기쁨으로 가득 찬 일상으로 이끌어줍니다.

고요한 방에 잠들어 있는 자신만의 환희를 발견할 때, 비로소 우리는 진실한 나와 마주합니다. 이는 외부의 소음이 아닌,내면의 침묵 안에서 들을 수 있는 목소리입니다. 그 목소리를 듣는 일이야말로 진정한 자신을 찾아 자유로워질 수 있는 길일 것입니다.

가짜 희망이
당신의 행복에 덧씌워질 때
영화 〈미안해요 리키〉

그래도 우리는 희망을 포기할 수 없습니다.
행복을 포기할 수 없습니다.

그러니 지금 우리가 꿈꾸는 희망이 무엇인지 다시 한 번 생각해봐야 합니다.

어느 날, 경제적으로 안정적인 전문직 자영업을 하는 지인이 '하루 벌어 하루 산다'라는 말을 농담처럼 한 적이 있었습니다. 그때 나는 그 사람이 무척 얄밉게 느껴졌습니다. 진짜 하루 벌어 하루 사는 사람들의 심정을 안다면 아무리 농담이라도 그런 말은 하지 못할 것입니다. 하루 벌어 하루 살아가는 사람들은 판결을 기다리는 죄수처럼 매일 혹은 매달 생^{生}과 사^{死}의 경계에 서 있습니다. 그리고 판결에 따라 다음 날 혹은 다음 달까지 생의 일상이 유예되거나, 아니면 정서적 죽음이라고 할 수 있는 불안과 두려움 속에서 살아가야 합니다.

그리스·로마 신화 가운데 시지프스의 일화는 매일 반복되는 고통스러운 노동의 나날을 살아가야 하는 인간의 운명을 상징하고 있습니다. 시지프스가 받은 형벌의 본질은 산 꼭대기까지 무거운 바위를 밀어서 올리는 고역이 아니라, 그런 고역이 끝없이 반복된다는 것입니다. 이미 죽은 몸이므로 죽음으로 달아날 수도 없습니다. 고역에서 벗어날 수 있는 희망의 부재가 바로 시지프스가 받은 형벌입니다.

/

영화 〈미안해요, 리키$^{Sorry\ We\ Missed\ You}$〉는 영화 〈나, 다니엘

브레이크^{I. Daniel Blake}〉로 칸 영화제에서 황금종려상을 수상한 켄 로치 감독의 작품입니다. 영화의 주인공 리키는 우리와 동시대를 살아가는 미국인 중년 남성입니다. 영화의 첫 장면에서 리키는 새로운 직업을 얻기 위해 어느 회사의 매니저와 인터뷰를 합니다.

리키의 가족은 아내 애비, 아들 세브, 딸 리자 이렇게 네 명 입니다. 리키는 학력이 높거나 특별한 전문적인 기술을 갖고 있지 않습니다. 부모로부터 물려받은 유산도 없습니다. 가장으로서 자신의 역할이 무엇인지 잘 알고 있는 리키는 인터뷰 때 말한 것처럼 20년 가까이 온갖 궂은 일들을 성실하게 해왔습니다. 그 대가로 아들과 딸은 고등학생, 중학생이 되었습니다. 변한 건 그게 전부입니다. 리키가 했던 일들이 주로 일용직 육체노동이라 그동안 하루 벌어 하루 살아가는 생활을 해왔습니다. 처음 결혼했을 때처럼 지금도 월세의 작은 집에 살며 매달 근근이 생활을 이어가고 있습니다. 그나마도 리키의 아내 애비가 노인 환자들을 위한 요양사로 일을 해서 가능합니다.

하루 벌어 하루 살아가는 사람의 가장 큰 고통은 내일에 대한 희망이 없다는 것입니다. 고된 하루 일과를 마치고 집으로 돌아온 리키는 매일 반복되는 고단한 삶에 허탈함과 무력감을 느꼈을 것입니다. 자신이 뭔가 잘못 살고 있는 게 아닌

가 생각했을 겁니다. 분명 성실하게 열심히 일했는데 경제적인 사정이 전혀 나아지지 않았다는 건 뭔가 근본적으로 문제가 있기 때문이니까요.

닿을 듯 닿지 않는
희망을 쫓다

    리키가 인터뷰를 하고 있는 회사는 어느 택배 회사입니다. 택배 회사의 매니저는 리키에 대해 만족스러워합니다. 그리고 회사의 운영방침을 설명합니다. 이 회사는 택배 기사와 회사와의 관계가 고용자, 피고용자가 아니라 사업자와 사업자의 관계입니다. 택배 기사는 모두 개인사업자이며, 택배 회사와 사업 파트너로 일을 하게 됩니다. 따라서 매달 정기적으로 받는 월급은 없지만, 택배 기사의 성과에 따라 수당을 받습니다. 즉 일을 많이 하면 이득도 그만큼 더 생깁니다.

    인터뷰 이후 택배 회사 지점장은 리키를 파트너로 받아들입니다. 리키는 20년 가까이 이어온 일용직에서 벗어나 자신만의 사업을 할 수 있다는 사실에 잔뜩 고양되고 자신감이 넘쳤습니다. 그런데 한 가지 해결해야 할 문제가 있습니다. 택배 일을 할 물건들을 운송할 차량입니다. 택배회사의 차량을 렌트해서 사용할 수도 있고, 본인이 직접 차량을 구입해서 사용할 수도 있습니다. 자본금이 없는 리키 입장에서는 당연히 회사의 차량을 렌트하는 것이 맞지만, 리키는 고민을 합니다.

이유는 렌트 비용이 너무 비싸서 수익의 상당 부분이 렌트 비용으로 지출되기 때문입니다. 희망에 부푼 리키는 욕심이 생겼습니다.

집으로 돌아온 리키는 아내 애비에게 자신의 계획을 말합니다. 애비는 선하고 온유한 성격의 여인입니다. 그리고 리키를 사랑합니다. 애비는 작은 승용차로 타고 그녀의 도움이 필요한 노인 환자들을 방문합니다. 그녀가 하는 일에 승용차는 필수적입니다. 그런데 리키가 택배차량을 구입하기 위해서는 보증금이 필요하고, 리키는 그 보증금을 마련하기 위해 애비의 승용차를 팔자고 제안합니다. 대중교통을 이용하여 요양사 일을 하려면 시간과 노력이 훨씬 많이 듭니다. 하지만 애비는 리키의 제안을 받아들입니다. 가족을 위해 애를 쓰는 리키의 희망을 지켜주고 응원하기 위해서입니다.

마침내 아내의 승용차를 팔아 보증금을 내고 할부로 택배차량을 구입한 리키는 인생의 마지막 승부수를 던집니다. 예상되는 수익에 대해 나름대로 시뮬레이션을 해보니, 열심히 하면 2~3년 후에는 집도 장만할 수 있을 거 같습니다. 아내의 승용차를 팔아 보증금을 내고 할부로 택배차량을 구입한 리키는 화장실에 갈 시간도 없어서 음료수 페트병을 이용해 차량에서 소변을 해결해야 할 만큼 바쁘게 일을 합니다.

그 무렵, 리키는 경찰서로부터 전화를 받습니다. 아들 세브가 평소에도 학교를 가지 않고 자주 문제를 일으키더니 결국 물건까지 훔쳐 경찰에게 체포됩니다. 반드시 보호자가 경찰서에 가서 상담을 받아야만 전과자가 되는 걸 막을 수 있습니다. 아내 애비에게 연락을 했지만 갈 수 있는 상황이 아닙니다. 어쩔 수 없이 리키는 경찰서로 가기 위해 예약된 택배 일정을 포기합니다. 이미 배당받은 일을 하지 않으면 그만큼 돈을 벌지 못하는 걸로 끝나지 않습니다. 페널티로 회사에 엄청난 금액의 벌금을 내고 벌점도 받아야 합니다. 벌점이 쌓이면 회사와의 계약도 해지됩니다.

그러던 어느 날, 함께 일하던 동료가 피치 못할 사정으로 얼마 동안 택배일을 하지 못하게 됩니다. 누가 들어도 납득할 만한 이유였지만, 택배 회사의 매니저는 그의 사정을 봐주지 않고 거액의 벌금과 각종 페널티를 부과합니다. 이에 화가 난 택배기사는 매니저와 다투다가 결국 해고됩니다. 이 모든 과정은 다른 택배기사들이 지켜보는 가운데 진행되었습니다. 그들은 동료가 억울하게 해고당했음에도 아무도 항변하지 않습니다.

매니저는 지금까지 동료 택배기사가 맡아왔던 구역을 대신 맡을 사람을 노골적으로 찾습니다. 아무리 직장 동료가 아닌 개별적인 계약 관계의 개인사업자라 하더라도 해고된 택배기사가 보는 앞에서 그가 이뤄낸 성과를 가로채겠다고 나서는 이는 없었습니다. 이때 리키가 손을 들고 자청합니다. 인생의 마지막 승부수를 던진 리키의 의지는 결연합니다.

리키의 일이 바빠질수록 아들 세브와의 갈등은 더욱 깊어집니다. 급기야 리키는 세브에게 손찌검을 하고, 세브는 집을 뛰쳐나갑니다. 그러던 어느 날 몸과 마음 모두 지쳐서 휘청거리는 리키에게 치명적인 카운터 펀치가 날아옵니다. 택배 배송 도중 강도들이 리키의 택배차량을 습격하여 배송 중이던 물건들을 훔쳐 달아나고 리키는 강도들에게 폭행을 당합니다. 한쪽 눈이 퉁퉁 부어 눈을 뜰 수 없고, 팔의 골절도 의심됩니다.

병원에서 검사 결과를 기다리고 있던 리키에게 택배회사 매니저가 전화를 합니다. 매니저는 형식적으로 리키의 건강 상태에 대해 묻고 곧바로 도난당한 물건들 가운데 보험처리가 되지 않는 물건은 리키가 배상해야 한다고 말합니다. 택배회사에서 리키에게 제공한 고가의 모바일 기기도 강도들이 망가뜨렸는데, 배상은 리키가 해야 한다고 합니다. 거기다가 리키가 부상 때문에 당분간 일을 하지 못하면 리키에게 불이익이 주어집니다. 차갑고 냉정한 태도의 택배회사 매니저는 사람처럼 느껴지지 않습니다.

❖

하나의 희망이 저물 때
다른 희망을 붙들다

영화감독이라는 직업은 겉보기에는 폼나고 화려해 보이
지만, 상위 1퍼센트 감독들을 제외하면 실상은 그렇지 못합
니다.

직업이 영화감독이어서 겪는 고충 가운데 경제적인 어려
움이 가장 큽니다. 오랜 시간과 노력을 들여 시나리오를 써도
영화가 만들어진다는 보장이 없습니다. 그러면 그동안의 노
동에 대한 대가를 받을 수 없습니다. 어쩌다 영화를 만들게
되어도 그런 기회는 몇 년에 한 번 올까 말까 합니다. 만일 그
영화가 저예산의 독립영화라면 제일 먼저 포기해야 하는 예
산항목이 시나리오 원고료와 감독 급여입니다.

누가 영화감독이 되라고 시킨 것도 아니고 본인이 원한
일이니 어디 하소연 곳도 없습니다. 그래서 나는 안정적인 직
장생활을 하며 매달 따박따박 급여를 받는 친구들을 보면 부
러울 때가 많았습니다. 게다가 나이가 들면서 그런 친구들은
퇴직 후 연금 등으로 노후까지 보장된다는 사실에 그동안의
나의 삶에 자괴감마저 듭니다.

안정적인 직장이 가져다주는 경제적인 안정은 평화로운 일상의 바탕이 됩니다. 반복적인 일상의 시스템에서 벗어나 자유롭게 산다는 것은 예측할 수 없는 내일에 대한 두려움을 감수해야 함을 의미합니다. 가장 큰 두려움은 경제적인 궁핍과 불안정입니다.

나의 사촌형님은 대학 시절 이미 큰 규모의 공모전에 여러 차례 당선되면서 일찌감치 잘나가는 건축가로 자리잡았습니다. 건축가로서 프라이드가 컸던 사촌형님은 건축을 예술로 생각하고 실천했습니다. 예술가로서의 고집이 워낙 강하다 보니 나이가 들면서 조금씩 현실적인 건축산업 현장에서 소외되었고, 그렇게 세월이 흘러 중년의 나이가 되면서 힘든 삶을 살게 되었습니다. 그 무렵 사촌형님은 나에게 이런 말을 했습니다.

"예술은 짧고 인생은 길더라."

이 말은 원래 '예술은 길고 인생은 짧다'입니다. 인간은 짧은 인생을 살아가지만, 짧은 인생에서 창조한 예술은 수백년, 수천년 동안 길이 남는다는 말입니다. 하지만 사촌형님의 경우 예술에 몰두했던 짧은 시간의 대가로 남은 긴 인생을 힘들게 살아가게 되었던 것입니다. 사람들은 가난과 고통이 진정한 예술가를 탄생시킨다고 말합니다. 사실은 그게 아니라 예술을 해서 가난하고 고통스럽게 사는 것입니다.

/

언젠가 어느 중학교 직업소개 프로그램에 참여한 적이 있었습니다. 영화감독이라는 직업과 영화에 관한 일반적인 질문에 답을 하고 있었는데 한 여학생이 불쑥 이렇게 묻습니다.

"영화감독은 어떻게 먹고 살아요?"

그때 나는 무척 당황했고 동시에 요즘 청소년들이 꿈과 이상보다는 현실적인 문제에 대한 고민이 많다는 걸 실감했습니다. 그 학생의 질문에 대답을 하다 보니 영화감독으로 살아가기 위해 감수해야 할 고충에 대해 이런저런 이야기를 하게 되었습니다. 마무리 즈음 담당 선생님이 마지막 질문을 했습니다.

"현실적인 고충들을 어떻게 이겨나가면서 계속 영화를 만들 수 있었나요?"

그 질문에 나는 명확하게 대답할 수 있었습니다.

"희망을 만듭니다. 하나의 희망이 무너지면 또 다른 희망을 만듭니다. 지금도 새로운 희망으로 버티고 있습니다."

그 말은 사실입니다. 영화는 꿈의 예술입니다. 영화감독은 자신이 상상한 세계를 꿈꾸며 시나리오를 쓰고, 그 꿈이 스크린 위에 실현되기를 다시 꿈 꿉니다. 꿈을 꾼다는 건 희망을 갖는다는 것입니다. 희망은 정말 마법 같은 힘을 가지고 있다는 걸 나는 잘 알고 있습니다. 현실적인 고충에 휘청이고 미래에 대한 두려움으로 겁에 질려 있다가도, 새로운 꿈을 찾으면 알 수 없는 에너지가 화르르 온몸과 마음을 휘감아옵니다. 그러면 나는 눈을 반짝이며 다시 노트북 앞에 앉아 새로운 꿈의 이야기와 이미지를 타이핑합니다. 그리고 그 에너지로 현실적인 고충들과 맞서 나갑니다.

희망의 반대말은 절망입니다. 그래서 절망적인 상황에서 희망은 더욱 찬란하게 빛을 냅니다. 희망은 불확실한 가능성입니다. 확실하게 보장된 미래에 대해 우리는 꿈을 꾸지 않습니다. 소망하지 않아도 그것은 이루어질 테니까요. 하지만 어려움 속에서 작은 가능성을 발견했을 때 우리는 꿈을 꾸고 희망을 갖습니다. 그런 의미에서 희망은 현실적으로 부족하고 못 가진 자들을 위한 단어입니다.

2002년 월드컵 때 '꿈은 이루어진다'는 슬로건이 계기가 되어 우리나라에서 '꿈'이라는 단어가 폭발적으로 확산되었습니다. 만일 우리나라 축구팀이 세계 최강의 팀 가운데 하나였다면 '꿈은 이루어진다'라는 슬로건은 쓰지 않았을 것입니다. 한 번도 자력으로 16강에 진출한 적이 없는 약한 팀이기에 희망을 가질 수 있었고, 그 희망이 이루어졌을 때 우리는 열광했습니다. 물론 인간의 욕심은 끝이 없으니까 이미 충분히 가진 사람들도 더 크고 많은 것들을 꿈꾸고 희망할 수 있습니다. 하지만 그런 경우에는 희망보다 욕망 혹은 탐욕이라는 표현이 더 적합합니다.

그러면 우리는 무엇을 희망하는 걸까요?

학창 시절 '인간의 목적은 행복추구'라고 배웠습니다. 막상 글로 적어놓고 보니 '정당政黨의 목적은 정권획득'이라는 문구와 비슷합니다. 정당이 정권을 획득하기 위해 온갖 수단과 방법을 모두 동원하듯, 우리도 행복을 얻기 위해 최선을 다합니다. 우리는 우리 자신도 모르는 사이 각자 나름대로 행복에 대한 이미지를 가지고 있습니다. 사람들이 가지고 있는 행복 이미지들은 대부분 돈으로 실현시킬 수 있거나, 돈이 결정적인 역할을 하는 것들이 상당히 많습니다.

예를 들자면, 화창한 날씨의 캘리포니아 해변을 달리는

멋진 오픈카를 운전하는 남자와 풀장이 있는 대저택에서 칵테일을 마시며 일광욕을 즐기는 여인의 이미지 같은 것들이 우리들의 행복 이미지 가운데 하나입니다. 이런 종류의 행복 이미지의 등장인물을 실제 삶의 자기자신으로 바꾸기만 하면 행복은 실현됩니다. 현대인들에게 행복의 의미는 참 쉽습니다.

행복의 모양은
왜 모두 비슷해 보일까?

신기한 것은 사람들은 모두 저마다 태고난 인성과 살아온 환경이 다른데 꿈꾸는 행복 이미지들은 상당히 유사하다는 사실입니다. 페이스북과 인스타그램 등 SNS를 가득 채우고 있는 행복 이미지들과 광고와 드라마에서 드러나는 행복 이미지들을 보면 쉽게 확인할 수 있습니다. 그렇다면 우리는 어떻게 유사한 행복 이미지를 갖게 되었으며, 그러한 행복을 돈으로 얻을 수 있다는 믿음을 갖게 된 걸까요.

정신분석학가 파울 페르하에허의 저서 《우리는 어떻게 괴물이 되어가는가》반비, 2015는 현대 신자유주의 경제체제로 인한 인간들의 심리적 부작용들을 이야기하고 있습니다. 저자는 신경가소성neuroplasticity이라는 인간의 뇌가 가진 중요한 특징을 통해 변질되어 가는 인간의 인성에 관하여 설명합니다. 신경가소성이란 특정한 환경 요인에 따라 뇌 스스로 그에 적합한 방향으로 신경회로를 바꾸는 능력을 말합니다. 다시 말하자면, 인간의 뇌는 고정되어 있지 않고 지식이나 경험이 쌓이면서 변화한다는 것입니다.

카프카의 소설 〈변신〉은 어느 날 아침 잠에서 깬 젊은 남자가 벌레로 변해 있으면서 시작됩니다. 그 남자는 비록 몸은 벌레로 변했지만, 뇌는 예전 그대로 사람입니다. 그런 상황에서 비롯되는 여러 가지 비극적인 해프닝들이 소설의 내용입니다. 그런데 만일 거꾸로 그 젊은 남자의 몸은 예전 그대로 사람이지만, 뇌가 벌레로 변했다면 어떻게 될까요? 예측컨대 카프카의 소설 〈변신〉보다 훨씬 더 끔찍한 비극이 일어날 것이 분명합니다. 이처럼 인간의 몸 전체를 콘트롤하는 뇌가 변한다는 것은 인간 자체가 변한다는 얘기와 같습니다. 그런데 인간의 뇌가 가진 신경가소성이라는 특징은 그런 일이 실제로 일어날 수 있음을 알려줍니다. 살아가는 환경과 학습된 정보에 따라 우리가 괴물이 될 수 있다는 말입니다.

신경가소성과 함께 인간의 뇌에는 한 사람의 정체성에 결정적인 영향을 미치는 특징이 한 가지 더 있습니다. 바로 '거울 뉴런Mirror Neurons' 입니다. 뉴런Neuron은 뇌신경조직의 기본 단위이며, '거울 뉴런'은 말 그대로 누군가의 행동을 그대로 모방하여 따라하는 뉴런을 말합니다. 아기들이 언어를 배울 수 있는 것도 거울 뉴런 때문이며, 아이들이 어른들의 행동을 따라하며 모방학습을 할 수 있는 것도 '거울 뉴런' 때문입니다. 또 영화나 드라마에서 슬픔에 빠져 울고 있는 주인공의 심정에 공감하며 같이 눈물을 흘리게 하는 것도 거울 뉴런 때문입니다. 이처럼 거울 뉴런 덕분에 우리들은 타인과 공감하고, 사회적 규칙을 학습하며, 조화로운 공동체 생활을 할 수 있는 정체성을 가질 수 있습니다. 그러나 만일 나쁜 성장환경 속에서 성장하면서 거울 뉴런이 나쁜 것들을 따라하면 소시오패스 같은 반사회적인 정체성을 갖게 됩니다.

중국의 고서 《열녀전列女傳》에는 맹자孟子의 어머니에 관한 일화가 소개되어 있습니다. 맹자가 어렸을 때 그의 집은 묘지 근처에 있었습니다. 그래서 어린 맹자는 사람들이 시신을 묻고 묘지를 다지는 걸 흉내내며 놀았습니다. 그 모습을 본 맹자의 어머니는 '이곳은 내 자식이 살 곳이 아니다' 판단하고 시장 근처로 이사를 합니다. 그러자 이번에는 어린 맹자가 장사꾼 놀이를 하며 놀았습니다. 그러자 맹자 어머니는 '이곳도 내 자식이 살 곳이 아니다' 판단하고 다시 집을 옮겨 학교 근처로 이사를 합니다. 그러자 맹자는 학교에서 하는 제사의 예의범절을 따라하며 놀았습니다. 그제야 맹자의 어머니는 '참으로 내 아들을 살게 할 만한 곳이다' 생각하고 그곳에서 맹자를 키웠다고 합니다. 맹자는 약 2,300년 전 인물입니다. 신경가소성이나 거울 뉴런이 뭔지도 몰랐던 맹자의 어머니는 사람의 정체성이 어떻게 형성되는 이미 알고 있었습니다.

우리들은 학교나 가정에서 배우는 교육 이외에도 자신도 모르는 사이 수많은 사회적 교육을 받고 있습니다. 연구에 의

하면 학교교육과 가정교육이 한 사람의 인성과 정체성에 미치는 영향은 극히 작으며, 대부분은 사회적 관계와 환경을 통한 학습이 결정적인 역할을 한다고 합니다.

2020년대. 우리가 살고 있는 세상은 신자유주의 시장경제사회라고 합니다. 신자유주의 시장경제사회에서 승자는 돈을 많이 번 사람입니다. 따라서 그들이 누릴 행복도 돈으로 이룰 수 있는 행복들입니다. 행복의 고지 정상에는 돈으로 이룰 수 있는 행복의 이미지가 대형 스크린에 고화질의 화면으로 끊임없이 나타납니다. 그 이미지의 주인공은 단 한 명뿐입니다. 예전의 전쟁에서는 전우가 있었지만, 지금의 전쟁에서는 '우리'는 사라지고 '나'만 남습니다. 그런 세상에서 태어나 자라면서 우리의 뇌는 우리를 '고독한 병사^{solitary soldier}'로 변화시킵니다. 어린 맹자가 장사꾼 놀이를 하는 걸 보고 맹자 어머니는 시장을 떠났지만, 지금은 그럴 수 없습니다. 우리들이 살아가는 모든 세상이 아수라의 시장이 되어버렸으니까요.

현대사회는 국가도, 교육도, 예술도, 심지어 철학과 종교도 자본의 지배를 받습니다. 대학은 학문의 전당이 아닌 취업을 위한 학원으로 변했고, 예술 작품과 예술가의 가치는 흥행과 작품의 판매가격으로 결정됩니다. 깊고 심오한 철학은 외면당하고, 쉽고 자극적인 짧은 경구들만 SNS에 떠돌고 있습니다. 교회의 설교에는 사랑과 희생은 사라지고, 신자들은 현세에서의 물질적인 축복만을 갈구합니다.

　신자유주의 경제체제는 종교와 많이 닮았습니다. 성공을 해서 돈을 많이 번 사람들은 자신의 성공담을 간증처럼 말합니다. 간증의 스토리 속에서 성공을 향한 그들의 열정과 노력은 순교자처럼 숭고하고 거룩하며, 대중들은 그들의 성공담에 눈물을 흘리며 감동합니다.

　우리의 일상은 온갖 종류의 광고와 정보로 뒤덮여 있습니다. 정보의 내용은 모두 기업의 상품들이지만, 보여지는 이미지는 그 상품과 관련된 행복의 판타지입니다. 지금의 아이들은 광고 속의 산부인과 병원에서 탄생하며, 우리의 부모님은 광고 속의 상조회를 통해 장례식을 치르며, 우리의 뇌는 이모든 과정을 우리의 뇌는 우리가 경험하고 학습하며 우리의 정체성과 우리의 행복 이미지를 만들어냅니다. 그것은 마치 AI 프로그램 프롬프트에 입력하는 정보에 따라 생성되는 이미지가 결정되는 것과 유사합니다,

❖

나를 갉아먹는
삶을 살고 있다면

한병철 교수는 최근 독일 학계와 사회에서 새로운 종류의 문화 비판의 개척자로 각광을 받고 있습니다. 그의 저서 《피로사회》^{문학과지성사, 2012}는 한국보다 독일에서 더욱 대중적 관심을 모으고 있습니다. 《피로사회》를 읽다 보면 '성과주체'와 '자발적 착취'라는 단어가 자주 등장합니다.

산업혁명 이후 자본가는 노동자를 강제적으로 착취해서 이익을 얻었는데, 지금은 노동자 스스로 자신을 착취하는 자발적인 착취로 이익을 얻게 되었습니다. 아무도 노동을 강요하지 않는 자유로운 상태인데도 자발적으로 노동을 하며 스스로를 착취하는 것이 바로 자발적인 착취입니다. 착취를 강제하는 자가 타인이 아니라 착취를 당하는 본인 당사자이니 분쟁이 일어날 수 없습니다. 그럼 현대인들은 왜 스스로를 착취하게 되었을까요?

여기에서 성과주체라는 표현이 등장합니다. 성과주체란 말 그대로 어떤 물질적 성과와 경제적 수익을 이루어내는 데 주도적인 역할을 수행하는 이를 말합니다. 옛날에는 기업과 자본가가 성과의 주체였지만, 지금은 피고용인 스스로 성과의 주체가 되었습니다. 리키의 택배회사와 리키와의 관계를 생각하면 금방 이해될 수 있습니다. 리키는 내일에 대한 희망을 원했고, 택배회사는 희망을 이룰 수 있는 기회를 주었습니다. 택배회사는 리키에게 일을 강요하지 않습니다. 그러나 리키는 동료의 구역을 가로챌 만큼 열정적으로 더 많은 일을 하려고 합니다. 물론 리키가 열심히 일을 하면 할수록 회사도 이익을 얻습니다. 그러나 그건 리키가 알 바 아닙니다. 리키가 새벽부터 밤 늦게까지 일을 하는 이유는 회사가 아니라 자기 자신을 위해서, 그의 희망을 위해서입니다. 바로 그 점을 노리고 택배회사는 리키와 고용, 피고용의 관계가 아닌 사업 파트너 관계를 제안한 것입니다.

리키처럼 기업과 사업관계가 아닌 일반적인 채용 방식으로 고용된 직원도 성과주체가 됩니다. 리키가 희망을 이루기 위해 자발적으로 착취하는 것과 마찬가지로 직장인들은 성공을 위해 자발적으로 착취하는 성과주체가 됩니다. 직장인에게 성공은 진급을 하거나 더 나은 보수와 근무조건을 갖춘 직장을 갖는 것입니다. 그러기 위해서는 남들보다 더 많은 성과를 내고, 더 많은 스펙을 갖춰야 합니다.

신자유주의 시장경제체제에서 희망은 성공의 다른 이름입니다. 성공을 하는 것이 희망을 이루는 것이며, 성공을 못하면 꿈을 이루지 못한 루저^{looser}, 패배자가 됩니다. 기회는 모두에게 균등하게 주어지며, 따라서 성공을 할 것인가, 패배자가 될 것인가는 온전히 개인의 노력에 달려 있습니다. 사실은 그렇지 않지만, 우리들은 그렇게 배우고 또 믿고 있습니다.

/

아침에 눈을 뜨면서부터 성공을 향한 레이스가 시작됩니다. TV를 켜고 스마트폰을 보면, 성공한 사람들의 행복하고 멋진 일상과 패배자들의 비참한 삶을 목격할 수 있습니다. 이런 메시지들은 광고, 드라마, 뉴스 보도 등 다양한 형식의 콘텐츠와 매체들을 통해 우리들의 일상 환경 속에 꼼꼼하게 박혀 있고, 우리는 본인도 모르는 사이 그 메시지들을 학습하게 됩니다. 그 과정에서 《우리는 어떻게 괴물이 되어가는가》에서 설명한 신경가소성과 거울 뉴런 등 뇌의 특징들을 통해 우리의 가치관을 조금씩 변화시키며, 어느 단계가 되면 더 이상 학습이 필요 없는 상태가 됩니다.

한때 일본의 어느 평범한 회사원이 고급 페라리 승용차를 소유하고 있어 화제가 되었습니다. 월급의 대부분이 페라리 승용차의 할부금으로 지출되어서 그의 일상생활은 궁핍합니다. 그래도 그는 행복합니다. 페라리 승용차를 운전하는 자신의 모습이 그가 오랫동안 간직했던 행복 이미지이며, 그는 자신의 행복 이미지를 실현시켰기 때문입니다. 현대사회에서 우리는 이와 같은 사례를 어렵지 않게 볼 수 있습니다.

리키도 택배일을 시작하면서 행복 이미지를 실현시킬 기대감에 부풀어 있습니다. 그의 첫 번째 행복 이미지는 자기 소유의 집이며, 두 번째는 자신의 아이들이 대학에 다니는 것입니다. 그의 행복 이미지는 리키가 열심히 일을 할 수 있는 원동력이 되었고, 동시에 스스로를 자발적으로 착취하는 이유가 되었습니다.

'본인이 노력하면 누구나 성공할 수 있다.' '성공과 실패의 책임은 오로지 자기 자신에게 있다.' 이 두 개의 문장이 리키를 비롯한 수많은 사람들이 당하는 신자유주의 경제체제의 '대사기극'의 슬로건입니다. 지금 우리가 살고 있는 사회의 구호는 오직 'I CAN!'뿐입니다. 'I CAN,T!'라고 말하는 순간 그는 패배자와 낙오자로 분류되며 무슨 잘못을 저지른 죄인처럼 사회에서 소외됩니다.

내 주변에는 사회적으로, 경제적으로 크게 성공한 사람들이 몇몇 있습니다. 그 사람의 일상과 속사정을 비교적 가까이에서 보고 겪으면서 나는 성공한 사람들에 대한 판타지를 지울 수 있었습니다. 성공이 행복을 가져다준다는 신화를 믿지 않습니다. 우리들이 자신도 모르는 사이 갖게 된 행복 이미지는 신기루 같은 것입니다. 그것은 마치 AI가 만든 가짜 사진처럼, 신자유주의 시장경제체제가 가상으로 만들어놓은 무지개입니다. 우리는 무지개를 향해 갈 수는 있지만, 무지개에 도달할 수는 없습니다.

우리는 지금과는
다른 것을 꿈꿔야 합니다

리키가 강도를 당하고 몸까지 엉망으로 다친 사건 이후 그나마 다행스러운 건 그 사고가 계기가 되어 집을 나갔던 아들 세브가 돌아왔습니다. 리키의 가족들은 서로의 사랑을 확인하며 다시 하나가 됩니다. 그들은 가난했지만 서로 사랑하며 행복하게 지냈던 지난 시절로 돌아가자고 말합니다. 하지만 리키는 대답하지 않습니다. 다음 날 새벽, 리키는 식구들이 깨어날까 봐 조심스럽게 외출 준비를 합니다. 그리고 식탁 위에 아내에게 메모 한 장을 남깁니다.

'화내지 마. 사랑해'

통통 부어 한쪽 눈이 보이지 않는 리키는 부러진 한쪽 팔을 붕대로 묶어 목에 걸고 택배차량을 운전해 출근을 하려고 합니다. 일을 하지 않을 경우 감당해야 할 엄청난 불이익과 해고당할지 모른다는 불안감 때문입니다. 만신창이의 몸으로 출근하려는 아빠의 모습을 우연히 아들 세브가 발견합니다.

세브는 리키의 무모한 시도를 막으려 합니다. 뒤늦게 아내도 잠에서 깨어 리키의 택배차량을 막고 섭니다. 그러나 리키의 고집은 꺾을 수 없습니다. 울부짖으며 가로막는 가족들을 떼어내고 리키는 회사를 향해 액셀레이터를 밟습니다. 차창 밖으로 도시의 아침 태양이 떠오릅니다. 쏟아지는 아침 햇살에 리키의 눈에서 흘러내리는 눈물이 반짝입니다.

리키는 왜 눈물을 흘릴까요? 자신의 신세가 처량해서일까요? 돌이킬 수 없는 현재의 상황에 대한 자책 때문일까요? 꿈을 이룰 수 없을지도 모른다는 절망감 때문일까요? 아니면 앞으로 리키와 그의 가족에게 닥쳐올 고난에 대한 두려움 때문일까요? 성공을 향한 레이스에서 낙오한 수많은 사람들 모두 리키처럼 눈물을 흘릴 것입니다. 희망은 우리에게 고단한 삶을 버티게 해주는 에너지를 주지만, 희망을 갖는다는 것은 두려운 일이기도 합니다. 그래서 '희망고문'이라는 말도 생겼습니다.

그래도 우리는 희망을 포기할 수 없습니다. 행복을 포기할 수 없습니다. 그러나 지금 우리가 꿈꾸는 희망이 무엇인지 다시 한 번 생각해봐야 합니다. 그 희망이 반드시 행복을 가져다줄지 의심해봐야 합니다. 신자유주의 경제체제의 사람들은 성공이 희망이며, 성공은 곧 행복이라는 신화를 조금의 의심도 없이 믿고 있습니다.

얼마 전 여러 나라의 국민들을 대상으로 행복을 위해 가장 중요한 것이 무엇이냐는 조사를 한 적이 있었습니다. 조사 결과 대한민국 국민만이 유일하게, 그것도 압도적으로 '돈'이라고 응답해서 화제가 되었습니다. 다른 사례도 있습니다. 한국의 미혼남녀를 대상으로 행복을 위해서 가장 필요한 것이 무엇인지 물었을 때, '경제적인 여유'가 30.4퍼센트로 1위를 차지했습니다. 또한 한국의 고등학생들을 대상으로 행복의 조건에 관한 조사에서도 가장 많은 학생들이 '돈'이라고 응답했습니다.

이와 같은 통계로 볼 때 대한민국 국민은 신자유주의 시장경제체제에 가장 적합한 뇌와 가치관을 갖게 된 것 같습니다. 그래서 대한민국은 전 세계가 놀랄 만큼 빠른 경제성장을 이루어냈으며, 그 과정에서 많은 사람들이 자신의 행복 이미지를 실현시켰을 것입니다. 그럼에도 OECD 국가 가운데 대한민국 국민의 행복지수가 가장 낮습니다. 꿈꾸던 행복 이미지는 성취했지만, 행복하지는 않다는 말입니다.

행복이란 무엇일까요? 국어사전에서는 행복을 '생활에서 충분한 만족과 기쁨을 느끼어 흐뭇함. 또는 그러한 상태'라고 설명하고 있습니다. 이러한 정의를 돈과 직접 연결하여 다시 정리하면, '충분한 돈이 있어서 느끼는 만족과 기쁨. 돈이 많아서 흐뭇함 또는 그러한 상태'가 됩니다. 이것이 대한민국 국민의 상당수가 꿈꾸는 행복인가요?

이제 리키는 무엇을 해야 할까요? 또 리키와 비슷한 처지의 사람들은 어떻게 해야 할까요? 모든 것이 신자유주의 시장 경제체제에서 비롯되었으니 그 시스템을 무너뜨릴 혁명이라도 꿈꿔야 할까요? 개인적인 생각이지만, 그런 일은 일어나지 않을 거 같습니다. 지난 시대에는 혁명으로 무너뜨릴 대상이 분명하였지만, 현대사회는 우리 자신이 혁명의 대상에 포함되어 있습니다. 우리들의 뇌와 우리들의 영혼은 이미 신자유주의 시장경제체제와 하나가 되어 있습니다. 그래서 지금의 체제을 무너뜨리는 것은 우리 스스로의 삶과 존재까지 무너뜨리는 것이 됩니다.

/

아이러니하게 이러한 모순에서 우리는 한 가지 가능성을 발견할 수 있습니다. 우리 스스로가 시스템의 일부라면, 우리 스스로가 변하면 시스템도 변할 수 있지 않을까요? 우리가 꿈꾸는 행복이 돈으로 이룰 수 있는 '행복 이미지'가 아니라 '참다운 기쁨으로 충만한 마음의 상태'가 된다면, 그리고 그러한 행복을 추구하는 것이 삶의 목적이 된다면, 세상의 시스템도 거기에 맞춰서 재편성되지 않을까요?

호모 호미니 루푸스 에스트^{Homo homini lupus est}는 '인간은 인간에게 늑대다'라는 뜻의 라틴어 경구입니다. 인간은 같은 인간에게 늑대처럼 잔혹하게 대한다는 의미입니다. 인간의 비극은 바로 같은 종種인 인간에 의해서 비롯된다는 말입니다. '인간은 인간에게 늑대다.'라는 라틴어 경구는 아주 오래전에 생긴 말이지만, 그 어느 때보다 현대사회를 살아가는 우리들에게 적절해 보입니다. 신자유주의 시장경제체제에서 살아가면서 거기에 적응한 우리의 뇌는 인간을 오직 물질적인 성공만을 추구하는 비정하고 이기적인 신인류로 변화시키고 있습니다. 언제부턴가 우리는 변했고, 변한 우리는 이제 더 이상 우리가 무엇인지 알지 못합니다.

세상을 바꾸는 혁명은 우리들 자신으로부터 시작되어야 합니다. 변화는 우리들의 마음과 뇌에서 먼저 일어나야 합니다. 그러기 위해서는 우리는 지금과는 다른 것을 보고, 다른 것을 생각하며, 다른 것을 꿈꿔야 합니다. 돈이나 물질보다 정신과 마음의 소중함을 깨달아야 합니다. 리키의 가족들이 리키에게 호소했던 것처럼 이전으로 돌아가야 합니다. 거기에서부터 다시 시작해야 합니다. 이것은 또 다른 전쟁입니다. 온갖 유혹과 위협이 도사리고 있지만, 우리는 이 전쟁에서 이

겨서 인간으로 살아남아야 합니다. 자본이 아닌 인간이 이겨야합니다. 그래야만 우리 자신과 우리의 후손이 나 혼자만 살아남으려는 고독한 늑대가 아닌 함께 사는 존엄한 인간으로 살아갈 수 있습니다.

도저히 극복할 수 없던
운명의 파도 앞에서

영화 〈행복한 라짜로〉

"왜 나는?" "왜 나만?"
이라는 질문 앞에서

우리는 운명이라는
거대한 강물의 도도한 흐름
을 체감합니다.

사람들은 누구에게나 '건널 수 없는 강'이 있습니다. 마음이 만든 허상의 건널 수 없는 강이 아니라, 실제로 깊고 물살이 거세서 도저히 건널 수 없는 강도 분명 있습니다. 그러나 그 강이 마음이 만든 허상의 강이건, 실제로 존재하는 불가항력의 강이건 사람들은 자신의 인생을 가로막고 있는 강은 틀림없이 깊고 거센 물살의 진짜 '건널 수 없는 강'이라고 확신합니다. 누구나 자신의 상처가 가장 아프고, 자신이 겪는 시련이 가장 힘들며, 자신의 장애물이 가장 크고 위험해 보이니까요. 이러한 강은 대체 어디에서 비롯되는 걸까요? 어찌할 수 없는 '운명'일까요?

/

　　영화 〈행복한 라짜로Happy as Lazzaro〉의 배경은 1980년대, 이탈리아 깊은 산간벽지에 있는 '인비올라타'라는 이름의 작은 마을입니다. 그곳에는 몇몇 가족이 집단적으로 대를 이어 살고 있습니다. 이들은 '데루나' 후작부인이 소유한 담배농장의 소작농으로 일하며 한 가족처럼 살아갑니다. 소작농은 이미 오래전 법으로 금지된 시기였습니다. 그러나 인비올라타 마을 사람들은 그런 사실을 모르고 대를 이어가며, 수십 년째 후작부인의 소작농으로 살고 있습니다. 물론 후작부인은 소작농이 법으로 금지되었다는 걸 있지만, 그 사실을 숨기고 마을사람들을 착취하며 자신의 부를 축적해왔습니다.

아무리 깊은 산간벽지라지만 마을사람들이 어떻게 오래전 소작농이 법으로 금지되었다는 걸 모를 수 있었을까요? 소작농이 법으로 금지되기 전부터 지금까지 아무도 인비올라타 마을을 떠나지 않았기 때문입니다. 어떻게 그럴 수 있었을까요? 아무리 산간벽지라도 후작부인에게 노예처럼 착취당했다면 그곳에서 달아나는 사람도 있을 법한데 왜 아무도 마을을 벗어나지 않았을까요?

그 이유는 마을에서 도시로 가는 길을 가로막고 있는 '강' 때문입니다. 예전에 인비올라타 마을 사람들 가운데 누군가 그 강을 건너 도시로 가려다가 강물에 휩쓸려 죽은 사건이 있었습니다. 순박하고 겁 많은 인비올라타 사람들에게 그 강은 '건널 수 없는 강'으로 뇌리에 깊게 박혀 있었습니다. 그래서 인비올라타 사람들은 강 건너에 있는 도시에는 아예 갈 엄두도 내지 않았고, 후작부인은 그런 사실을 알고 마을 사람들을 쉽게 속일 수 있었던 것입니다.

어느 날 후작부인의 아들이 납치되는 사건이 발생합니다. 그런데 아들을 납치했다는 협박편지를 받고도 후작부인은 경찰에 신고하지 않습니다. 납치 사건이 엄마의 돈을 탐내는 아들의 자작극일 가능성일 것이라 판단했기 때문입니다. 그러나 그보다도 더 결정적인 이유가 있었습니다. 만일 경찰에 신고하면 인비올라타 마을에 경찰이 찾아올 테고, 그러면 법으로 금지된 소작농을 통해 엄청난 수익을 챙긴 사기극이 발각되기 때문입니다.

후작부인의 예측대로 납치 사건은 아들의 자작극이었습니다. 그러나 사건은 담배농장 관리인의 딸로부터 초래됩니다. 담배농장 관리인의 딸은 후작부인 아들을 짝사랑합니다. 후작부인이 협박 편지에 아무런 반응이 없자 조급해진 아들은 관리인의 딸에게 전화를 해서 자신이 위급한 상황에 처했다고 거짓말을 합니다. 그러자 관리인의 딸은 후작부인 몰래 경찰에 납치 사건을 신고합니다. 그리고 얼마 후 경찰 헬기가 깊은 산골 인비올라타 마을 상공으로 날아오면서 마침내 인비올라타 마을 사람들은 수십 년 만에 세상과 연결되었습니다.

경찰은 오랜 시간 사회와 격리된 마을 사람들의 신원을 확인하고자 모두 도시로 데려갑니다. 경찰의 안내를 받으며 도시로 향하던 마을 사람들은 마침내 마을을 가로막고 있던 강을 마주하게 됩니다. 이들은 겁에 질린 표정으로 강가에 멈춰서서 꼼짝도 하지 않습니다. 경찰은 그런 마을 사람들을 이해하지 못합니다. 왜냐하면 그들 앞에 흐르는 강은 수심이 발목을 적실 정도의 얕은 개울이었기 때문입니다. 마을 사람들의 어처구니없는 행동을 보고 경찰관 한 명이 소리쳐 묻습니다.

"왜 안 건너요? 강물이 갈라지기라도 기다리는 거예요?"

그러자 마을사람들은 이렇게 대답합니다.

"위험해요. 무섭다구요."
"여기서 사람도 죽었어요."

인비올라타 마을을 가로막고 있는 강은 얕은 개울이지만, 마을사람들 마음에는 깊고 거센 물살의 '건널 수 없는 강'이었습니다. 그리고 마음에만 존재하는 죽음의 강은 평생 산간벽지에 머물게 하는 족쇄가 되어 오랫동안 후작부인의 소작농으로 노예처럼 살아야했던 것입니다. 만일 인비올라타 사람들의 '건널 수 없는 강'에 이름을 붙인다면 '두려움'이 적합할 것입니다.

❖

운명이라는
부조리를 마주한 우리

'운명이란 게 있네, 없네. 믿네, 안 믿네.' 우리는 이런 논쟁을 자주 합니다. 운명론자들은 각자의 인생은 타고난 운명에 따라 결정되며, 그 운명은 본인의 의지나 노력으로 바꿀 수 없다고 합니다. 또 운명을 믿지 않는 사람들은 반대로 각자의 인생은 본인의 선택과 노력으로 얼마든지 변화시킬 수 있다고 합니다. 그러나 아무리 운명을 믿지 않는 사람이라도 자신이 태어난 나라와 부모와 자식의 관계만큼은 본인의 노력이나 선택과 상관없이 '운명'적이라는 걸 인정할 수밖에 없습니다. 그래서 특별히 부모와 자식과의 인연은 '천륜天倫'이라는 별도의 이름을 붙입니다.

/

운명에 대해 좀 더 이야기해보겠습니다. 얼마 전 흥미로운 인터뷰 기사를 보았습니다. 누군가의 경제적 수준을 결정 짓는 요인들 가운데 개인의 노력과 선택보다 '운運'이 미치는 영향이 압도적으로 높다는 내용이었습니다. 그런 주장을 하는 사람은 철학자나 역술가가 아닌 매우 저명한 통계경제학자였습니다. 그의 연구 결과에 따르면, 어떤 개인의 경제적 수준에 영향을 미치는 요인들 가운데 그가 소속된 국가와 태어난 부모와 자라온 성장 환경이 90퍼센트 이상을 차지한다고 합니다.

쉽게 말해 부자 나라에서 능력 있는 부모에게 태어나 좋은 환경에서 자라면 부자가 될 가능성이 높되, 가난한 나라에서 무능한 부모에게 태어나 척박한 환경에서 자라면 대부분 가난하게 살게 된다는 말입니다. 물론 부모가 부자가 아니더라도 개인의 능력이 매우 뛰어나면 부자가 될 수 있습니다. 그러나 그런 경우도 좀 더 살펴보면 예외가 되지 못합니다.

개인이 타고난 능력, 예를 들자면 지능지수 같은 학습능력이나 예술적 재능, 운동 능력 같은 특별한 재능들은 상당 부분 부모의 유전자에 의해 결정됩니다. 머리가 좋은 부모에게 태어난 아이가 지능지수가 높고, 그래서 공부를 잘해 좋은 대학을 입학하고, 좋은 직업을 가질 가능성이 높습니다. 마찬가지로 특정 예술가와 운동선수의 자식이 뛰어난 예술가나 운동선수가 될 가능성이 높습니다. 따라서 어려운 경제적 환경 속에서 자수성가를 한 사례의 많은 부분도 결국은 이미 주어진 부모의 뛰어난 유전자 덕분이므로 경제학자가 말한 90

퍼센트 안에 포함됩니다. 인정하고 싶지 않은 통계이지만 검증된 사실이니까 받아들일 수밖에 없습니다.

이 같은 거부할 수 없는 사실 때문에 우리는 새해가 되면 일출을 보며 행운을 빌고, 그믐날 단팥죽을 먹으며 악운(惡運)을 막으려 하고, 정월 대보름날 보름달을 보며 다시 행운을 빕니다. 취직이나 결혼 같은 중요한 고비를 만나면 역술인을 찾아가 사주팔자를 보며 타고난 운을 살핍니다. 지금은 드물지만 예전에는 악운을 행운으로 바꾸려고 굿판을 벌이는 일도 흔히 있었습니다.

학창 시절 성경책을 읽으며 신은 매우 불공평한 존재임을 알게 되었습니다. 예수는 씨앗을 소재로 많은 비유를 남겼습니다. 그 가운데 어떤 씨앗이 비옥한 땅에 떨어지면 무럭무럭 자라나 풍성한 열매를 맺고, 그 씨앗이 자갈밭에 떨어지면 싹도 틔워보지 못하고 말라서 죽는다는 비유의 글도 있습니다. 이 글을 보면서 나는 신이라는 존재가 무척 불공평하다는 생각을 했습니다. '씨앗'이 어떤 특정한 사람이고 '씨앗이 떨어진 땅'이 그 사람의 운명이라고 한다면, 신이 정한 운명을 마주한 인간이 할 수 있는 행동은 오로지 순종뿐입니다. 삶의 대전제가 이토록 부조리하다면 그 삶을 통해 우리가 추구해야 할 가치 따위가 무슨 의미가 있겠습니까?

❖

영원의 시간과 무한한 우주 속
단 하나뿐인 자기 앞의 생

　사람들에게는 누구나 저마다의 '건널 수 없는 강'이 있다
는 걸 나는 압니다. 나에게도 건널 수 없는 강이 있습니다. 강
물의 거센 물살 앞에서 두려움과 무기력을 경험하면 누구보
다 건널 수 없는 강에 대해 깊이 고민했습니다. 덕분에 그 문
제에 대해 제 나름대로 정리를 할 수 있었습니다. 그런 강을
마주했을 때 우리는 어떻게 해야 할까요? 우선 그 강의 정확
한 실체를 알아야 합니다. 인비올라타 마을사람들처럼 한때
의 트라우마가 만들어낸 상상 속의 강인지, 아니면 정말로 건
널 수 없는 거센 물살의 거대한 강인지 확인해야 합니다.

/

　나의 경우에는 실제로 존재하는 '건널 수 없는 강'이었습
니다. 아무리 운명을 믿지 않는 사람이라도 부모와 자식의 관
계만큼은 본인의 노력이나 선택과는 전혀 상관없는, 운명적
인 관계라는 걸 인정할 수 밖에 없습니다. 그래서 이 세상에

태어나 죽을 때까지 경험하는 수많은 인연 가운데 특별히 부모와 자식과의 관계는 인간의 의지와는 전혀 상관없이 오직 하늘에서 맺어졌다는 의미를 '천륜'이라는 이름합니다. 내 앞에 놓여 있는 건널 수 없는 강 가운데 하나의 이름은 바로 '천륜'입니다.

천륜이라는 인연에서 달아날 수 없음에도 나는 그 '사실'을 '사실'로 인정하고 받아들이고 싶지 않았습니다. 바뀔 수 없는 사실임을 알면서도 부모를 원망하고 부모에 대한 불만을 키웠습니다. 때로는 그 사실이 바뀔지도 모른다는 환상을 갖기도 했습니다. 하지만 그런 소망은 번번이 변함없는 사실 앞에 처참히 부서졌습니다. 그러면 난 다시 나의 부모를 원망했고, 스스로 자학하며 내 운명을 원망했습니다. 그리고 나의 불행의 책임을 부모님께 떠넘겼습니다. 책임을 떠넘긴다고 변하는 건 없습니다. 오히려 그 과정 속에서 황폐해지는 건 결국 나의 삶과 나의 마음뿐이었습니다.

한 사람의 인생에서 직면하게 되는 건널 수 없는 강은 하나가 아닙니다. 나의 경우에도 살아가다 보니 건널 수 없는 강이 더 생기기도 했고, 몰랐던 강을 발견하기도 했습니다. 그런 강들을 오랜 시간 마주하다 보니 어느 순간 어떤 지혜를 갖게 되었습니다. 그 지혜 덕분에 내가 그 강들을 건널 수 있었던 것은 아닙니다. 그렇다고 그 지혜로 인해 그 강이 사라진 것 또한 아닙니다. 만일 그랬다면 바꿀 수 있는 운명은 운명이 아니듯, 그 강은 건널 수 없는 강이 아니었겠죠.

우리는 인생의 목적이 자아실현이라고 배웠습니다. 세상 사람들의 자아가 모두 다르므로 꿈꾸는 자아실현도 모두 다릅니다. 대통령을 꿈꾸거나, 세계적으로 유명한 인물이 되거나, 엄청난 부자가 되는 큰 야망을 이뤄야 자아실현을 했다고 만족하는 사람도 있습니다. 또 좋은 선생님이 되거나, 안정적인 직장을 갖거나, 행복한 가정을 꾸미는 것으로 만족하는 사람도 있습니다.

그런 생각을 하다 보면 평생을 보지도, 듣지도 못하며 살아온 헬렌 켈러 같은 이가 떠오릅니다. 또 보통의 사람들에게는 너무나 당연한 기초적인 일상적인 삶의 조건을 갖추지 못해 비참한 하루하루를 살아가는 사람들도 생각납니다. 건널 수 없는 강이 무엇인지 너무나 분명해서 그런 말을 꺼내는 것조차 잔혹하게 느껴지는 그런 사람들입니다. 그들에게 자아실현이란 인간으로서 최소한의 기본적인 활동과 생활을 영위하는 것입니다. 그리고 그것을 이루었을 때 그들은 어떤 거대한 목표를 달성한 사람보다 더 행복해합니다.

프랑스 작가 로랭가리는 1956년 《하늘의 뿌리》문학과지성사. 2007라는 작품으로 공쿠르상을 수상합니다. 그 후 1975년 《자기 앞의 생》문학동네. 2003으로 다시 한번 공쿠르 상을 수상합니다. 그런데 공쿠르는 같은 작가가 두 번 받을 수 없는 것이 원칙인데 어떻게 로맹가리는 그 상을 두 번 수상할 수 있었을까요? 《자기 앞의 생》을 '에밀 아자르'라는 가명으로 발표했기 때문입니다.

/

소설 《자기 앞의 생》은 1970년 파리의 빈민가를 배경으로 한 '모모'라는 이름의 무슬림 고아 소년 이야기입니다. 나는 로맹가리의 《자기 앞의 생》을 매우 흥미롭게 읽었습니다. 주인공 '모모'가 처해진 상황과 그의 사유는 '자기 앞의 생'이라는 제목으로 집약 정리할 수 있습니다. 나는 건널 수 없는 강을 '자기 앞의 생'이라는 말과 연관지어 생각해보았습니다.

사람들에게는 누구나 건널 수 없는 강이 있습니다. 그 강이 마음의 문제로 생긴 허상의 강이라면 용감하고 지혜롭게 사실과 직면하여 허구의 환상에서 깨어나야 합니다. 그러나 만일 그 강이 허상이 아닌 실제로 존재하는 강이라면 그 사실을 내 삶의 일부로 받아들여야 합니다. 각자 자기에게 주어진 나의 생에 그 강을 포함시킬 용기가 있어야 합니다. 그러면 그 강을 굳이 건널 필요도 없습니다. 이 말은 마치 '더우면 더위와 하나가 되고, 추우면 추위와 하나가 되라.'는 어느 옛 스님의 아리송한 말 같기도 합니다. 그러나 이런 용기와 지혜야말로 고독하고 고달픈 인생 속에서도 우리의 마음을 지켜내고, 우리의 삶을 진실된 아름다움과 진실된 행복으로 채울 수 있게 합니다.

우리의 부모를 우리가 선택할 수 없듯이, 우리의 자식을 우리가 선택할 수 없듯이, 우리는 살아가면서 내가 선택하지 않은 건널 수 없는 강이 우리의 꿈과 행복을 가로막기도 합니다. 그러나 그것이 바로 나에게 주어진 '나의 생生'입니다. 이것은 하늘이 정해준 운명과는 다릅니다. 운명이란 수동적이지만, '나의 생(生)'은 능동적입니다. '나의 생'이란 선택의 여지 없이 주어진, 피할 수 없는 사실을 원망하거나 두려워하지 않고 오히려 적극적으로 내 삶의 중심에 두는 것입니다.

그것은 'WHY ME?'에서 'WHY NOT?'으로 변하는 것입니다. 나에게 주어진 생은 다른 사람의 생과 비교할 필요도 없고, 그럴 수도 없습니다. 왜냐하면 이 세상에 존재하는 유일한 생은 내가 경험하는 '나의 생'뿐이기 때문입니다. 다른 이들의 생은 나의 생이 경험하는 이 세계의 일부일 뿐입니다. 그것들은 나의 생을 구성하고 있는 조건들이며 배경일 뿐입니다.

우리는 각자의 생에 포함된 건널 수 없는 강을 선택할 수는 없지만, 그 강을 어떻게 맞이할지는 선택할 수 있습니다.

좀 더 거창하게 말하자면, 그러한 선택의 권리가 그나마 신이 인간에게 부여한 '자유의지'입니다. 평생을 호스피스로 활동하며 수많은 죽음과 마주한 엘리자베스 퀴블로 로즈 박사의 말처럼, 신은 우리가 승진을 하고, 유명해지고, 부자가 되는 것에는 아무런 관심이 없습니다. 우리는 각자에게 주어진 자신만의 생의 순간 순간마다 어떤 선택을 하고 어떤 경험을 하느냐가 중요합니다. 그것이 인간이 존엄한 이유이며, 우리가 살아가는 이유입니다.

우리에게 주어진 나의 생은 OTT 플랫폼에 진열된 수많은 영화 가운데 하나가 아닙니다. 나의 생은 단 하나의 극장에서 오직 단 한 번 공연되는 연극입니다. 우리의 생에 주어진 건널 수 없는 강이 있다면, 그 연극은 수많은 갈등과 슬픔이 있는 매우 극적인 드라마일 것입니다. 그러나 서서히 엔딩으로 다가갈수록 바로 건널 수 없는 강 덕분에 그 공연이 완벽하고 아름다운 작품이 되었음을 깨닫게 될 것입니다. 아무리 위태롭고 거대한 건널 수 없는 강이 버티고 있을지라도 영원의 시간과 무한한 우주는 그 강과 함께 도도히 흘러가는 '나의 생'을 위해 존재했고, 지금도 그렇게 존재하고 있습니다.

막다른 길에 다다라
절망을 마주했을 때
영화 〈레벤느망〉

나의 절망은 나만이 알 수
있습니다.

그 누구도 알아주지 못할
절망 그 너머로 건너가면
비로소 이 경험의 의미가
선명해집니다.

영화 〈레벤느망^{L'événement.2021}〉은 존 F. 케네디가 암살되었던 1963년, 프랑스 배경의 영화입니다. 영화의 주인공 '안'은 파리에서 조금 떨어진 루앙대학교에서 현대문학을 전공하는 대학생입니다. 안은 노동자 계층의 딸로 태어났습니다. 1960년대 노동자 계층에서, 더구나 여성이 대학에 진학하는 경우는 매우 드물었습니다. 안의 가족 친지들 가운데에서도 대학생은 안이 유일했습니다.

안은 평소 수업 시간에 교수들에게 실력을 인정받는 우수한 성적의 학생이었습니다. 그러던 안이 최근 3개월 동안전혀 수업에 집중하지 못합니다. 몸은 강의실에 있지만, 교수의 말은 하나도 들리지 않고 온통 다른 생각에 빠져 있습니다. 결국 안은 낙제의 위기까지 몰리게 됩니다.

안의 부모는 안이 대학을 졸업하고 교사가 되기를 기대합니다. 친구들은 얼마 남지 않은 교사자격 시험에 대비해서 공부에 열중하는데, 수업시간뿐만 아니라 일상생활 속에서도 안의 눈동자는 늘 불안하게 흔들립니다. 영화 제목 '레벤느망'은 '사건^{happening}'이란 뜻입니다. 즉 영화 〈레벤느망〉은 주인공 안이 겪은 어떤 사건에 대한 영화입니다. 도대체 3개월 전 안에게 무슨 일이 있었던 걸까요?

안이 겪은 사건을 이해하려면 1960년대 초반 프랑스의 사회적 상황에 대해 알 필요가 있습니다.

그 무렵 프랑스의 여성들은 결혼 전은 물론이고, 결혼 이후에도 성인이 아닌 미성년자로 간주되어 보호자인 남편의 동의 없이는 은행 계좌도 갖지 못했고, 직업도 가질 수 없었습니다. 결혼 전 성관계는 죄악시되었으며, 결혼 후 남편과의 부부관계는 곧바로 출산을 의미했습니다. 피임은 불법이었습니다. 만일 결혼한 부부가 아이를 원치 않는다면 피임은 오로지 여성의 책임이었고, 허락되는 피임 방법은 생리주기로 가임기간을 예상하는 오기노 방식뿐이었습니다. 그러다가 예기치 않게 임신을 하게 되어도 여성은 어쩔 수 없이 아이를 낳아야만 했습니다. 낙태는 법으로 엄격하게 금지된 범죄 행위였기 때문입니다. 나는 영화를 보는 내내 영화 스토리의 배경이 되는 이러한 사회적 상황이 쉽게 납득되지 않았습니다. 왜냐하면 안이 살고 있는 국가는 대한민국이나 중국이 아닌 프랑스였기 때문입니다.

1789년, 자유, 평등, 우애Liberté, Égalité, Fraternité를 상징하는 블루, 화이트, 레드 삼색 깃발을 휘날리며 시민의 힘으로 왕정을 몰아내고 루이16세와 그의 부인 마리 앙투와네트를 교수대에 세웠습니다. 이후 프랑스 혁명은 세계 각국의 시민혁명을 촉발하고 현대 민주주의의 초석이 되었습니다. 그런데 그렇게 건국된 프랑스 공화국이 혁명 이후 200년이나 지난 1960년대에 이 같은 여성차별이 굳건하게 유지되고 있었다는 게 믿겨지지 않습니다.

사실 이러한 여성에 대한 차별은 프랑스 혁명 때부터 예견되었습니다. 프랑스 혁명 기간 동안 여성들도 적극적으로 혁명에 참가하였습니다. 그 가운데 '베르사유 여성행진'이라 불리는 역사적인 사건이 있습니다. 당시 국민들은 굶주림에 고통받고 있는데 루이16세와 왕비 앙투와네트는 베르사유 궁전에서 호사스러운 생활을 하고 있었습니다. 그런 상황에서 프랑스 국민들의 주식인 빵의 가격이 폭등하자, 분노한 7,000여 명의 여인들이 파리 시청으로 모여들어 왕과 왕비가 있는 베르사유 궁전을 향해 행진을 하였습니다. 여성들의 행진 대열은 20킬로미터가 넘었다고 합니다. 여인들은 베르사유 궁전에 난입하여 국왕 일가를 끌고 파리로 이동하였습니다. 그 후 마리 앙투아네트와 국왕 일가는 파리 시민들의 감시 속에 뒤틀리궁에 거주하다가 결국 루이16세와 왕비 앙투와네트가 단두대에서 처형됩니다.

틀림없이 프랑스 혁명은 인류사를 뒤바꾼 위대한 시민 혁명이었지만, 그 혁명은 오직 남성만을 위한 반쪽짜리 혁명이었습니다. '인간과 시민의 권리선언^{Déclaration des droits de l'Homme et du citoyen}'은 프랑스 혁명으로 만들어진 인권선언입니다. 그런데 원어 제목에 적힌 'l'Homme^{인간,남성}'은 남성명사이고, 'citoyen^{시민}' 역시 남성명사입니다. 인권선언의 제목에서처럼 프랑스 혁명에서 여성은 제외되었습니다. 혁명의 슬로건이었던 '자유' '평등' '우애'는 남성 인간과 남성 시민에게만 적용되는 권리였습니다.

인권선언에서 천명된 인간과 시민을 위한 권리가 남성에게만 국한되자 여성인권가 '올랭프 드 구주^{Olympe de Gouges, 1748~1793}'는 이에 반발하여 '여성인권선언'을 발표합니다. '여성인권선언'에서는 남성명사 'l'Homme^{인간,남성}'을 'la famme^{여성}'로, 남성명사 'citoyen^{시민}'를 여성명사 'citoyenne^{시민}'로 바꿉니다.

함께 혁명에 참여했으나 여성을 차별하는 남성혁명세력에 저항하여 여성의 권리를 주장한 구주는 결국 권력을 장악한 남성들에 의해 단두대에서 처형됩니다. 그녀의 처형 이유는 '공화국의 어머니로서 가정을 수호하기를 거부하고 자코뱅의 포고령을 위반했다'는 것이었습니다.

사형집행 전 구주는 "여성이 사형대에 오를 권리가 있다면 의정 연설 연단 위에 오를 권리도 당연히 있다."라는 유명한 말을 남깁니다. 이와 같은 역사적 배경 속에서 프랑스 혁명 이후 200년이란 긴 시간 동안 프랑스의 여성들은 여전히 혁명 이전과 같은 차별을 받아왔고 영화 〈레벤느망〉의 시대 배경인 1960년대까지 이어지고 있었습니다.

❖

칼날 같은 현실을
맨몸으로 마주할 때

다시 안이 지난 3개월 동안 겪었던 이야기로 돌아가겠습니다. 그녀에게는 정치학을 전공하는 애인이 있었습니다. 두 사람은 함께 여행을 가게 되었는데, 그때 안은 연인과 혼전 성관계를 갖게 됩니다. 여행에서 돌아온 안은 다시 변함없이 대학생의 일상을 이어갑니다. 그러던 어느 날부터 불길한 예감이 슬금슬금 들기 시작합니다. 예정일이 지났는데도 생리가 시작되지 않기 때문입니다. 안은 임신 여부를 확인하기 위해 의사를 찾아갔습니다. 의사는 검사 후 임신확인서를 그녀에게 건네주었습니다.

아이를 낳으면 대학도 다닐 수 없고, 그의 모든 꿈은 사라집니다. 같은 시기 남존여비의 유교 문화권인 우리나라에서도 여성이 임신을 하면 아이의 아버지가 되는 남성에게도 최소한의 책임이 요구되었습니다. 그러나 당시 프랑스에서 임신의 책임은 오로지 여성에게만 있었습니다. 따라서 상대 남성이 혼인을 원하지 않은 상태에서 아기가 태어나면 안은 불행한 미혼모로 평생 살아가야 합니다. 남성과 결혼을 해도 더 이상 대학에서 학업을 이어갈 수 없습니다. 사회적 금기를 깨고 연인과 혼전 성관계를 가졌던 안은 그 결과의 책임을 온전히 혼자 져야 했습니다.

임신에 대한 안의 입장은 확고했습니다. 한 번의 실수로 그의 인생 모두를 포기할 수 없습니다. 혼전 성관계라는 사회적 금기에 저항한 안의 도발이 '낙태'라는 또 다른 금기 앞에 그를 던져놓았습니다. 이번에 마주한 저항은 혼전 성관계라는 사회적 금기에 대한 도발과는 비교할 수 없는 심각한 범죄행위입니다. 만일 발각되면 범죄자가 되어 감옥에 가야 하는 것 말고도 안이 결심을 실행에 옮기는 과정에서 목숨을 잃을지도 모를 무시무시한 지뢰들이 버티고 있습니다. 아무것도 예측할 수 없는 캄캄한 어둠 속이지만 안은 그래도 부딪혀보기로 마음을 굳히고 의사가 우편으로 보낸 임신확인서를 찢어버립니다. 이렇게 자신의 꿈과 삶을 지키기 위한 안의 고독한 전투가 시작됩니다. 사실 안이 확고한 의지로 그런 결심을 할 때만 해도 이후 그가 겪게 될 상황이 그토록 절망적이리라고는 예상하지 못했습니다.

안은 우선 정치학과 애인에게 임신 사실을 알렸습니다. 예측대로 애인은 안이 전해준 소식에 난감해합니다.

안은 낙태를 할 것이라는 본인의 의지도 분명히 밝혔습니다. 그 후 애인은 모든 걸 안에게 떠맡기고, 오히려 안의 갑작

스런 방문과 임신으로 인한 안의 침울한 감정 상태 때문에 친구들과 함께 보내는 소중한 휴가를 망치고 있다고 원망합니다. 안은 애인에게 최소한의 도움을 받으려 했던 자신의 안일한 태도가 오히려 한심하게 느껴졌습니다. 그리고 태아는 애인이 아닌 자신의 몸 속에서 자라고 있으므로, 이 문제는 오로지 안 혼자만의 문제임을 처절히 깨닫고 애인과 결별 후 돌아옵니다.

/

이제 안이 집중해야 할 문제는 단 하나 '어떻게?'입니다. 그 무렵 안은 그가 처한 상황에 대해 단순하게 판단했습니다. 방법이야 무엇이건 낙태의 과정에서 겪게 될 어느 정도의 고통만 각오하면 모두 해결되리라 생각했습니다. 그런데 막상 부딪혀보니 상황은 훨씬 심각했습니다. 일단 적절한 방법을 찾을 수 없었습니다. 인터넷이 있었던 시대도 아니고, 대학에서 문학을 전공하는 대학생 안의 인맥 네트워크에서 낙태라는 불법행위에 관한 정보를 얻기란 매우 어려웠습니다.

시간이 점점 흐르면서 다급해진 안은 가까운 친구들에게 사실을 털어놓고 도움을 청했습니다. 하지만 아무도 그녀의 사건에 개입하려 하지 않습니다. 만일 낙태를 도왔다는 걸 학교에서 알게 되면 불이익을 받을지도 모르기 때문입니다.

안은 우선 의사를 찾아가 낙태를 부탁하는 정면돌파 방법를 시도하기로 합니다. 혹시라도 동정심 많은 의사를 만나게 될지도 모르니까요. 그런데 어떻게 된 영문인지 안이 처음으로 찾아간 의사는 주사약을 처방해주며 인자한 표정으로 조만간 멈췄던 생리가 다시 시작될 것이라 말합니다. 안은 안도와 희망에 부풀어 의사가 처방해준 주사약이 들어 있는 주삿바늘을 자신의 허벅지에 꽂습니다. 하지만 알고 보니 의사가 처방해준 주사약은 오히려 배 속의 태아가 안의 자궁에서 더욱 건강하게 버틸 수 있도록 도와주는 약이었습니다. 안은 스물세 살의 문학 전공의 대학생답게 너무나 감상적이고 천진했습니다. 그럼에도 안은 자신의 처지를 이해해줄 자애심 있는 의사가 있으리라는 희망으로 다른 의사를 찾아가 도움을 청합니다. 그러나 애처롭게 안을 바라보던 의사가 할 수 있는 도움은 절망적인 조언뿐이었습니다.

"대부분의 의사는 낙태를 반대해요. 임신을 그냥 받아들이세요. 당신에겐 선택권이 없어요."

그 무렵 모든 의사는 남자였고, 법을 만드는 사람도 남자였습니다. 그 시대 남성들은 임신과 출산에 관한 선택권이 여성에게 없다고 생각했습니다. 신이 내려준 생명을 한낱 미천한 여인이 없앨 수는 없으며, 그런 계명을 만든 신 또한 남성입니다. 프랑스혁명 인권선언에서 국가에서 보호받아야 할 인권의 대상은 오직 남성임을 천명하였듯이, 병원과 법정에서 신과 같은 권력을 누리는 이들은 모두 남성이었습니다. 그러나 단두대에서 "여성이 사형대에 오를 권리가 있다면 의정 연설 연단 위에 오를 권리도 당연히 있다."라고 말한 200년 전 구주처럼 안은 목숨을 걸어서라도 자신의 인생에 대한 선택권을 자기 자신이 갖고 싶습니다.

　의사를 찾아가는 정면돌파에서 실패한 안이 이제 해야 할 일은 인류의 역사 이래 이어져오던 뜨개질 바늘 혹은 파슬리 끝단 삽입, 양잿물 투여, 승마 등의 방법으로 혼자서 해결하거나, '불법낙태'라는 흑마술을 부리는 마녀들의 도움을 받아야 합니다. 그러나 흑마술을 부리는 마녀들은 너무 깊은 어둠에 숨어 있어 찾을 길이 없습니다. 무엇보다 낙태가 가능한 시기는 점점 줄어들고, 절망의 예감은 점점 현실이 되어갑니다. 안의 인생을 파멸과 죽음으로 이끌 무자비한 악마의 웃음소리가 멀리서 들리는 것 같습니다.

그 누구도 아닌
나만의 절망

안의 임신사건을 다루는 영화 〈레벤느망〉은 2022년 노벨 문학상 수상작가 아니 에르노^{Annie Ernaux}의 소설 《사건^{Happening}》^{민음사, 2019}을 원작으로 하고 있습니다. 아니 에르노 소설의 가장 대표적인 특징은 작가 본인이 직접 체험한 사실만을 소재로 한다는 점입니다. 그렇게 함으로써 아니 에르노에게는 '글쓰기와 삶'이 하나가 됩니다. 아니 에르노는 소설 《사건》에서 그녀의 글쓰기에 관해 이렇게 말합니다. 그저 사건이 자신에게 닥쳐왔고, 이를 이야기할 뿐임을, 그 경험만이 가장 확실하게 말하는 것이 있음을 말입니다.

살아가면서 실제로 맺게 되는 인연보다 책을 통해서 만나게 된 인연 속에서 얻은 지혜가 한 사람의 인생에 결정적인 역할을 하는 경우가 매우 많습니다. 그렇다면 직접 만난 적은 없었어도 책의 저자와의 인연은 일상생활에서 의미없이 지나치는 수많은 인연보다 우리들의 인생에 큰 영향을 주는 인연이라고 말할 수 있을 것입니다. 그래서 가수 나훈아의 히트곡 '테스형'처럼, 나는 책을 통해 맺게 된 몇몇 인연들이 시공간의 간극과는 상관없이 선생님이나 형님, 누나 또는 친구처럼 느껴집니다.

나에게는 그런 인연들이 아주 많습니다. 작가 아니 에르노의 경우에도 그랬습니다. 그를 처음 만나게 해준 소설의 제목은 '아버지의 자리'였습니다. 그 무렵 한국에서는 작가 아니 에르노에 대해 아는 사람도 드물었고, 출간된 책도 거의 없었음에도 나는 우연히 그의 소설을 읽었고, 매우 강렬한 인상을 받았습니다. 특히 '삶에서 직접 경험한 것들만을 쓴다'는 그의 작가적 태도에 매료되었습니다. 그래서인지 2022년 노벨문학상 수상작가로 아니 에르노가 선정되었다는 소식을 듣고 마치 가까운 지인이 수상한 것처럼 기뻤습니다. 이미 여러 차례 프랑스 출신의 작가가 노벨문학상을 수상하였지만, 여성작가는 아니 에르노가 최초라고 하니 더욱 반갑고 기뻤습니다.

영화 〈레벤느망〉의 원작 소설 《사건》도 물론 아니 에르노가 직접 경험한 이야기입니다. 즉 영화에서 안은 바로 작가 아니 에르노이며, 영화에서 대학생 안이 마주한 사건과 경험들은 1963년 스물세 살 프랑스 루앙대학교에서 현대문학을 전공하던 대학생 아니 에르노가 직접 겪은 사건과 경험들입니다.

똑같은 스토리와 사건을 다루어도 소설과 영화는 표현 방식에서 여러 가지 차이가 있습니다. 소설은 문자화된 언어를 사용하지만, 영화는 카메라와 조명 등을 이용하여 시각적 이미지와 음악과 음향효과 등 사운드를 통해 스토리를 전개해 나갑니다. 그런 차이로 인해 소설에서는 작가의 '생각(사유)'을 중심적으로 다루지만, 영화에서는 주인공과 등장인물의 '행위'를 중심적으로 다룹니다. 등장인물의 대사 역시 생각 아닌 행위에 포함됩니다. 그래서 영화 〈레벤느망〉과 소설 《사건》은 같은 인물의 같은 사건을 다루고 있지만, 영화의 관객과 소설의 독자는 확연히 다른 예술적 체험을 하게 됩니다. 특히 다른 점은 대사입니다. 영화는 안을 중심으로 한 등장인물들의 대사로 스토리를 전개하지만, 소설에서는 등장인물의 대사가 거의 없습니다. 그 대신 작가와 주인공의 사유와 감정이 매우 섬세하게 묘사되어 있습니다.

1963년 대학생 아니 에르노는 당시의 절박한 심정과 상황들을 일기장에 메모해두었고, 수십 년이 흐른 후의 작가 아니 에르노는 일기장의 메모를 소설에 직접 인용했습니다. 혼자서는 아무것도 할 수 없다는 무력감, 반복되는 울음에 지쳐버린 고통, 무력감만이 가득했던 막막함.

나는 소설 《사건》에서 아니 에르노가 쓴 수많은 문장과 단어들보다 스물세 살 대학생 아니 에르노의 일기장 메모가 훨씬 강력하게 마음에 와 닿았습니다. 그때 그녀의 마음을 이해할 수 있었습니다. 왜냐하면 나는 내 삶에서 그때 그녀의 심정을 분명히 경험했기 때문입니다.

영화 속의 '안'과 소설 속의 '아니 에르노'의 모습은 마치 영화 〈1917〉에서 홀로 목숨을 걸고 적들로 둘러싸인 전선을 뚫고 달려가는 어느 연락병 병사 같습니다. 사실 그의 적은 배 속에서 자라는 태아가 아닙니다. 그녀가 맞서 싸우는 대상은 모든 희망의 끈을 놓아버릴 것 같은 '절망감'에 빠지는 것입니다.

❖

절망해본 적
있니?

"너, 절망해본 적 있니?"

오랫동안 연락이 닿지 않았던 고향 친구를 우연히 만났습니다. 그동안 어떻게 지냈느냐는 의례적인 인사에 그는 머뭇거리다가 이렇게 되물었습니다.

절망. 일상생활에서 자주 사용하지 않는 단어입니다. 그런데 내가 그 단어의 주체가 되자 새삼 '절망'이라는 단어에서 어두운 무게감이 느껴졌습니다. 의례적인 안부인사에 대뜸 절망해본 적이 있냐고 되묻는 걸 보면 그는 절망한 적이 있음이 분명했습니다.

절망은 인간이 경험할 수 있는 가장 참혹한 감정이라는 걸 절망해본 사람은 알고 있습니다. 친구의 질문을 받은 나는 내 삶의 기억 속에서 그가 언급한 절망의 무게와 상응할 만한 참혹했던 시간들을 떠올려보았습니다.

나이 마흔이 막 시작될 무렵. 그때 나는 뒤늦게 영화감독의 꿈을 키우고 있었습니다. 사실 그 이전, 영화전공으로 대학원에 입학하면서 비교적 일찍 영화를 시작했지만, '노란문 영화연구소'라는 동아리를 만들고 운영하다가 이런저런 이유로 연구소의 문을 닫게 되었습니다. 그에 따른 여파와 노란문 연구소와는 상관없는 나쁜 상황들까지 겹치면서 나는 노란문 사무실이 있던 골목 어느 지하에서 술집을 운영하며 2~3년 남짓 폐인처럼 지냈습니다. 그 후 어렵사리 지하 폐인생활에서 벗어나 취업을 하고 결혼도 했습니다. 그렇게 30대 중반까지 직장도 옮기고 새로운 사업도 시도하며 그럭저럭 살다가 불쑥 영화를 다시 해야겠다는 결심을 하게 되었습니다.

젊은 시절 영화판에 뛰어들어 감독의 꿈을 키우다가도 나이가 들고 결혼을 하고 아이를 낳으면 현실적인 삶을 위해 영화감독의 꿈을 포기하는 게 보통의 경우인데, 나는 둘째 아이가 태어나고 다시 영화를 시작할 결심을 한 것입니다. 틀림없이 무모한 결심이었고, 무모한 결심이므로 당연히 그 과정은 험난할 수밖에 없었습니다. 그래도 몇 년간의 고군분투 끝에 다행히 영화판 언저리까지는 올 수 있었고, 가까스로 시나리오 작가와 프로듀서 이력을 쌓은 후 본격적으로 감독 데뷔를 준비할 수 있게 되었습니다.

그 무렵 치매를 앓으시던 아버지 병세가 위독해졌습니다. 병원에서는 더 이상 할 수 있는 의학적 조치가 없다고 했습니다. 미국에서 사는 누나가 귀국했고, 일주일 후에 아버지는 돌아가셨습니다. 아버지의 장례식을 치르면서 지금까지 추상적으로만 생각했던 죽음의 구체적인 실체를 경험했습니다.

형제가 나와 누나 단 둘이라 상주는 내가 되었습니다. 염을 하고 냉장실에 보관되었던 아버지의 시신과 마주했습니다. 아버지의 몸은 얼음처럼 차가웠고 생명체에서는 느낄 수 없는 죽음의 냉기가 손 끝에 그대로 전달되었습니다. 차가운 냉기. 그것이 내가 알게 된 첫 번째 죽음의 실체였습니다.

발인날 아침 일찍 병원 장례식장을 떠나 화장터로 이동했습니다. 지금은 시민공원묘지에 현대식 화장시설을 갖추고 있지만, 그때에는 그렇지 않아 도심에서 멀리 떨어진 시골 화장터에 가야 했습니다. 현대식 화장 시스템에서는 유족들은 창문을 통해 관에 불이 붙는 것까지만 보고 나머지 과정은 참여하지 않습니다. 그리고 얼마의 시간이 지나면 유골함에 담긴 유골을 받게 됩니다. 그러나 시골의 재래식 화장터에서는 상주가 화장의 모든 과정에 참석해야 했습니다. 시신이 들어 있는 나무관에 불을 붙이면 '불이야!' 소리를 질렀고, 화장이 끝나면 뜨거운 시멘트 바닥에 뼈만 남겨진 아버지의 시신을 직접 확인해야 했습니다. 치매를 앓기 전에 아버지는 허리를 수술을 받으셨는데, 그때 사용했던 금속보형물이 척추뼈에서 떨어져 나와 있었습니다. 그 후 아버지의 뼈가 분쇄기에 갈리는 소리를 들어야 했고, 화장터 운영자가 재로 변한 유골을 도자기 유골함에 작은 빗자루로 쓸어담는 것을 직접 보았으며, 마침내 유골함을 건내 받았습니다. 아버지의 시신과의 두 번째 접촉은 첫 번째와는 정반대로 뜨거웠습니다. 불에 태워진 뜨거운 한 줌의 재였습니다.

/

장례식을 마치고 다시 영화사로 출근했습니다. 그 무렵 무언가 내 몸에서 이상이 느껴졌습니다. 심장 근처에서 자주 통증을 느꼈습니다. 병원에 가서 검사를 받아볼 생각은 하지 않았습니다. 만에 하나 진짜 심각한 병이라도 발견된다면 그동안 차근차근 준비했던 감독 데뷔과정이 모두 물거품이 될까 봐 두려웠습니다.

나는 나 혼자만의 방법으로 몸의 이상을 극복해보려고 운동을 시작했습니다. 내가 선택한 운동은 등산이었습니다. 집에서 영화사까지 가는 지하철의 중간 지점에 북한산에 갈 수 있는 지하철역이 있습니다. 나는 새벽같이 집을 나와 북한산을 정상까지 오르고 영화사로 출근했습니다. 일주일에 한두 번 할 계획이었는데, 몸의 증상이 사라지지 않아서 며칠 연속으로 산에 오를 때도 있었습니다. 식사도 채식만 했습니다.

그러던 어느 날, 제작사 대표가 내가 준비하던 작품의 감독을 다른 사람으로 바꾸기로 했다고 통보했습니다. 그동안의 기다림이 물거품이 되었습니다. 그날 나는 짐을 꾸려서 영화사를 나왔습니다. 한순간 꿈과 목표가 사라진 나는 갈곳이 없었습니다. 아내는 직장에 나가고, 나는 집에서 네 살, 여섯 살이었던 두 딸을 돌봤습니다.

여기에 시간이 지날수록 심장의 통증은 점점 더 빈번하고 심해졌습니다. 날카로운 통증과 함께 금방이라도 심장이 멈출 것 같았습니다. 대학병원에서 심장 관련 정밀검사를 받았지만, 원인을 규명할 수는 없었습니다. 한번은 PC방에 갔다가 갑자기 발작이 시작되어 PC방에서 엉금엉금 기어서 밖으로 나올 때도 있었습니다. 나는 온통 언제 닥칠지 모를 죽음만 생각했습니다. 영화감독 데뷔도 못하고 죽는 게 억울했습니다. 꿈을 쫓느라 잔뜩 빚만 남겼습니다. 그 흔한 생명보험 하나 들어놓지 않았습니다. 마침내 아이들은 새근새근 잠이 들고 나는 그 옆에 누워 눈물만 흘렸습니다.

또 다른 증상이 생겼습니다. 임산부처럼 배가 부풀어오르더니 돌처럼 딱딱해졌습니다. 이번에는 곧바로 병원에 찾아가 증상과 관련하여 몇가지 검사를 받았으나, 의사는 웃으며 말했습니다.

"모두 정상입니다."

병원 주차장에서 아내에게 전화를 했습니다.

"정상이래."

통화를 하면서 나는 울었습니다. 반은 기쁨의 눈물이고, 반은 절망의 눈물이었습니다. 아픈 것보다 내가 아프다는 걸 이해해주는 사람이 없는 것이 더 힘들었습니다. 아침에 눈을 뜨면 또 하루를 어떻게 보내야 할지 걱정부터 되었습니다.

여유를 부릴 때가 아니었으므로, 청탁받은 시나리오도 완성해야 했습니다. 그러나 시선만 컴퓨터 모니터에 깜빡되는 커서에 고정되었고, 머릿속에는 내 병과 그 병으로 인해 죽을지도 모른다는 공포심으로 가득했습니다. 살도 엄청 빠졌습니다. 무슨 심리인지 모르겠지만 어느 날 나는 이발소로 가서 바리깡으로 머리를 짧게 밀었습니다.

오랜만에 만난 친구가 내 모습을 보며 "너 암환자 같다."고 농담을 던졌습니다. 당연히 내겐 그 말이 농담으로 들리지 않았습니다. 아니 에르노가 소설에서 한 표현처럼 나를 둘러싼 세상의 모든 것이 비현실적으로 느껴졌습니다. 내 마음에는 두려움 말고 아무것도 없었습니다. 사람들의 웃는 얼굴에 질투심이 생겼습니다. 나는 언제 그런 웃음을 다시 지을 수 있을까.

언제부턴가 새로운 습관이 생겼습니다. 나도 모르게 자꾸 베란다 창문쪽을 바라봤습니다. 죽는 것이 오히려 편하게 느껴졌습니다. 죽음이 정말 도피처이며 피난처처럼 느껴졌습니다. 아이러니하게도 죽음을 두려워하면서도 죽음으로 고통에서 벗어나고 싶었습니다. 죽음이 현재의 고통에서 벗어날 수 있는 마지막 탈출구처럼 느껴졌습니다. 그런 생각을 하는 내 자신이 두려웠습니다.

그때 나는 절망감에 빠져 있었습니다.

❖

절망 속에서 피어난
황금빛 승리

철학자 키에르케고르는 《죽음에 이르는 병》에서 절망이 죽음에 이르게 하는 병이라고 했습니다. 키에르케고르가 말한 절망과 죽음은 우리들이 삶에서 말하는 절망과 죽음과는 다른 의미입니다. 그러나 그런 철학적 의미는 제쳐두고 키에르케고르 책의 제목처럼 절망은 우리들을 실제로 죽음에 이르게 하거나, 죽음과 다름 없는 삶에 이르게 합니다.

만일 내가 베란다 창문을 바라볼 때 완전히 절망했더라면 창문 밖으로 뛰어내렸을지 모릅니다. 그러지 않았던 것을 보면 절망감 속에서도 어떻게든 절망의 상태에서는 벗어나보려고 애를 썼던 것 같습니다. 그런 하루하루의 일상을 1년 6개월가량을 보냈습니다. 그 시간 동안 내가 해야 할 일은 절망에서 나를 지켜내는 것뿐이었습니다.

나의 병을 고쳐준 곳은 대학병원 전문의들이 아니라 시골의 작은 가정의학과 병원이었습니다. 오랜만에 시골 어머니를 찾아갔습니다. 어머니는 임산부같이 부풀고 딱딱한 내 배를 보더니 자주 가는 병원에 한번 가보자고 했습니다. 대학병원에서 온갖 검사를 다 해도 찾지 못했던 원인을 지방의 개인 병원에서 찾으리라고 기대도 하지 않았습니다. 그러나 효도 하는 마음으로 어머니의 의견을 따랐습니다.

어머니가 데려간 병원에서 의사가 나에게 이런저런 질문을 했고, 나는 시큰둥하게 그동안 내가 겪은 증상들을 얘기해 주었습니다. 그러자 의사가 처방전 대신 팸플릿 하나를 건넸습니다. 팸플릿에는 어느 환자의 경험담이 적혀 있었습니다. 내용을 읽어보니 지난 1년 6개월 동안의 내 일기장을 요약해 놓은 거 같았습니다. 환자의 병명은 '공황장애'였습니다. 서둘러 서울로 올라온 나는 신경정신과를 찾아갔습니다. 그동안의 내 진찰 기록과 내 이야기를 듣던 신경정신과 의사는 어김없이 '공황장애가 맞다'는 진단을 내려주었습니다.

그 한마디에 모든 것이 바뀌었습니다. 의사가 처방해준 작은 알약의 도움을 받으며 나를 죽여가던 내 마음속 '죽음의 공포'를 조금씩 지워나갔습니다.

/

영화 〈레벤느망〉의 안에게 낙태가 가능한 12주의 시간은 이제 얼마남지 않았습니다. 안은 점점 더 강력하고 구체적으로 죄어들어오는 절망감에 무릎을 꿇어야 할 거 같습니다. 그

럴 무렵 누군가 도움의 손길을 내밀었습니다. 그는 안에게 흑
마술의 마녀를 소개시켜 주었습니다. 그제야 안에게는 어두
운 절망의 터널에서 희미하게 출구가 보였습니다. 그러나 터
널을 완전히 빠져나오기까지 목숨을 건 위험과 고통을 감내
해야만 했습니다. 안은 마지막 전투를 용감하게 마주했습니
다. 절망에서 벗어나기 위해서는 선택의 여지가 없었습니다.
그렇게 그녀는 다시 그녀 인생의 주인이 될 수 있었습니다.

전투가 끝나고 얼마 후, 교사 자격시험을 앞둔 마지막 강
의 시간이 되었습니다. 안의 얼굴은 이전과는 달리 편안하고
안정되어 보입니다. 여유 있고 성숙한 느낌이 듭니다. 총탄과
파편에 누더기가 된 승리의 깃발을 높이 쳐든 만신창이의 병
사 같습니다. 강의가 끝나자 안은 교수를 찾아가 강의노트를
빌려달라고 부탁합니다. 교수는 그동안 성실치 못했던 안의
수업태도의 이유를 묻자, 안은 이렇게 대답합니다.

"여자만 걸리는 병이 있어요. 집에 있는 여자로 만드
는 병. 그동안 그 병에 걸려 있었어요."

아니 에르노는 소설에서 절망감에서 벗어난 직후 그녀의
마음을 이렇게 표현했습니다.

루앙으로 돌아왔다. 춥지만 햇볕은 좋았던 2월이었다. 나는 똑같은 세계 속으로 되돌아가지 못한 느낌이었다. 지나가는 사람들의 얼굴, 자동차들, 학생 식당 테이블의 식판들, 내 눈에 비치는 모든 것이 의미가 넘쳐나는 듯 보였다.

안에게 보이는 세상이 절망 이전과 같은 세상이 아니라는 걸 나는 알고 있습니다. 신경정신과의 진단을 받은 후 나도 안처럼 다시 예전의 일상으로 돌아갔습니다. 집 밖으로 나가는 것이 두렵지 않았습니다. 아니 에르노의 2월은 나에게 4월이었습니다. 작은 배낭 가방을 둘러메고 자전거를 탔습니다. 가방에는 법정스님의 에세이 《일기일회》[문학의숲, 2009]가 들어 있습니다. 자전거 페달을 밟으며 거리를 지나고 공원을 지납니다. 되찾은 일상의 풍경은 이전의 풍경과는 완전히 달랐습니다. 칙칙한 잿빛의 흑백영화가 화사한 컬러 영화로 바뀐 것 같았습니다.

이전에는 그냥 지나쳤을 풍경들이 모두 나와 하나가 되었습니다. 내 몸에 닿은 4월의 햇살이 느껴졌고, 나는 햇살에게 말을 걸었습니다. 봄바람의 향기가 느껴졌고, 나는 바람에게 말을 건넸습니다. 유모차의 아기에게 웃어보이자 아기도 따라 웃었습니다. 길가에 핀 꽃들과 나무들이 절망의 늪에서 빠져나온 나에게 축하인사를 보냈습니다. 절망에서 벗어나자 비로서 그동안 보지 못했던 생명이 보였습니다. 세상의 모든 생명들이 친구 같았고, 나도 그 생명 가운데 하나로 지금 살아 있다는 사실만으로 행복했습니다.

친구의 질문에 나도 절망한 적이 있다고 말했지만, 돌이켜 생각해보면 나는 절망한 적이 없습니다. 나에게 절망한 적이 있냐고 물었던 그 친구도 사실 절망하지 않았습니다. 만일 진짜 절망했다면 나도, 그 친구도 전혀 다른 모습으로 살아갔거나, 아예 살아가지 못했을지도 모릅니다. 나도, 그 친구도 영화 〈레벤느망〉의 안처럼 절망과 싸우고 있었을 뿐입니다. 절망에 맞서 버티고 있었을 뿐입니다. 그러느라 몸과 마음이 만신창이가 됐을 뿐입니다.

절망은 나와 내 친구와 영화 〈레벤느망〉의 안 그리고 젊은 시절의 작가 아니 에르노를 굴복시키지 못했습니다. 절망과 싸우는 동안 많은 상처가 생기고, 그 상처는 그 후의 삶에서 계속 아픔을 주겠지만, 최소한 우리 모두는 절망과의 전투에서는 승리했습니다. 아우슈비츠 가스실 벽에 누군가 그려 놓은 나비처럼, 우리들의 인생에서 이보다 아름답고 성스러운 승리는 없을 것입니다.

우리의 인생이 수많은 씨줄, 날줄로 짜여져가는 커다란 카펫이라면, 절망과 맞서며 처절하게 보낸 시간들은 칙칙하고 어두운 바탕 위에 황금실로 수놓아진 찬란한 꽃입니다. 절망과 맞서 버티고 싸울 때 우리의 마음을 누더기로 만드는 불안과 두려움은 승리 이후 우리의 삶을 더 성스럽고 아름답게 이끌어주는 안내자가 될 것입니다. 남은 삶의 시간 동안 더 많은 것들을 더 깊게 사랑할 수 있게 해줄 것입니다.

만신창이의 승자

초판 1쇄 발행 2025년 5월 22일

지은이 최종태
인쇄·제작 데이타링크
지업사 다올페이퍼

펴낸이 조혜정 **펴낸곳** 활자공업소
출판사등록신고번호 제 353-2023-000017 호
주소 인천광역시 남동구 서창남로 45 3층 304-11
전화 070-8983-4362 **팩스** 0504-413-1962
이메일 glidingbooks@naver.com

ISBN 979-11-986801-2-9 (03810)